名家经典战史小说

热血之花

张恨水 著

山西出版传媒集团 山西人民出版社

图书在版编目(CIP)数据

热血之花 / 张恨水著. —太原：山西人民出版社，2020.6

（名家经典战史小说 / 杜小北主编）

ISBN 978-7-203-11405-5

Ⅰ.①热… Ⅱ.①张… Ⅲ.①章回小说-中国-当代 Ⅳ.①I247.4

中国版本图书馆 CIP 数据核字（2020）第 065110 号

热血之花

著　　者：	张恨水
责任编辑：	魏美荣
复　　审：	贾　娟
终　　审：	姚　军
装帧设计：	观止堂_未　氓

出 版 者：	山西出版传媒集团·山西人民出版社
地　　址：	太原市建设南路 21 号
邮　　编：	030012
发行营销：	0351-4922220　4955996　4956039　4922127（传真）
天猫官网：	https://sxrmcbs.tmall.com　电　　话：0351-4922159
E - mail：	sxskcb@163.com　发行部
	sxskcb@126.com　总编室
网　　址：	www.sxskcb.com

经 销 者：	山西出版传媒集团·山西人民出版社
承 印 厂：	凯德印刷（天津）有限公司
开　　本：	650mm×960mm　1/16
印　　张：	10.5
字　　数：	180 千字
印　　数：	1—4000 册
版　　次：	2020 年 6 月　第 1 版
印　　次：	2020 年 6 月　第 1 次印刷
书　　号：	ISBN 978-7-203-11405-5
定　　价：	48.00 元

如有印装质量问题请与本社联系调换

目 录 Contents

第一回　怕见榴花灾生五月　愿为猛虎志在千秋 …………… 1
第二回　争道从戎拈阄定计　抽闲访艳握手谈歌 …………… 11
第三回　密地潜来将军发令　雄资骤得少女忘形 …………… 21
第四回　歌院传笺名伶入彀　兰闺晤客旧侣生疑 …………… 31
第五回　留别书弃家卫社稷　还约指忍泪绝情人 …………… 41
第六回　啼笑苦高堂人去后　昏沉醉客舍夜阑时 …………… 51
第七回　魔窟归来女郎献捷　荒园逼去猾寇潜踪 …………… 61
第八回　兄弟相逢扬声把臂　手足并用决死登山 …………… 71
第九回　不测风云忘危杀贼　无上荣誉受奖还乡 …………… 81
第十回　复国家仇忍心而去　为英雄寿酌酒以迎 …………… 91
第十一回　涣释疑团凌空落柬　深临险境乘隙窥营 …………… 101
第十二回　施妙腕突现真面目　下决心不受假慈悲 …………… 111
第十三回　邀影三杯当时雪耻　流血五步最后逞雄 …………… 121
第十四回　含笑遗书从容就义　忍悲收骨慷慨宣言 …………… 131
第十五回　访寒居凄凉垂老泪　游旧地感慨动禅心 …………… 141
第十六回　思断三秋悲歌落泪　名垂千古热血生花 …………… 151

第一回

怕见榴花灾生五月
愿为猛虎志在千秋

热血之花

　　这一部书，不知道说的是中华民国哪一年的事情，也不知道是中华民国哪一个地方的事情，但是等到读者读完了这一部书之后，也许很愿意中国有这件事，也许很叹惜，中国竟不免有这一件事，见仁见智，这只好等候将来再下断语了。我们这一部书开场的时候，在城外一个附郭的村庄上。这个村子，叫做太平庄，庄子外，东边有个教会大学，西边有个国立大学，所以在村子里住的人，十停之八九，不免与教育事业有关。因为这个缘故，乡村自治，也是办得极好。其中一个人家，是幢半西半中的住房，楼外有一所平台，平台之外，下临一片草地，让一排高拂云霄的垂杨柳，遥遥地围护住了。杨柳之外，是一片水稻田，这个时候，秧针出水有一尺高，远远地望去，真个是绿到天涯。在这一片绿毡的大地上，却有一道赭色的界线，将它来分破，原来那是阳关大道，直通边地的。再由这人家楼房向里瞧，这平台上，摆上了十盆石榴花，在绿叶油油的上面，顶着血也似的花朵，在太阳里照着，光耀夺目。平台后面，几扇窗户，和两扇绿纱门，一齐洞开，楼上面是人家一个大休息室，布置得很是精雅的，一张摇动的藤椅上，躺着一个五十以上的老人。

他口衔烟斗，手捧了一本书，映着阳光在那里看。野外的南风，由水田上吹来，带着一阵植物清馨之气，人的精神为之一爽。他是这教会大学里的一个哲学教授，姓华名有光，是个道德高尚，学问又有根底的人，除了教书而外，他不大愿意过问别的事情。这几天以来，他似乎有一种很深的感触，不时地叹着气。这时他看着书，方始有点兴趣，忽然一阵军鼓军号的声音，由窗子外送了进来。那声音遥遥地自西而来，而且还夹着两声马嘶，分明是那条阳关大道上，有军队开拔经过。他就停书不看，坐了起来，叹了一口气道："你们听听，又有军队开拔了。我不明白这是什么缘故，每到五月里，总是打仗，这个五月，真是不祥的月份。"

在这屋子当中，有一张小圆桌，两个青年，正在那里下象棋。这两个人，是有光两个爱儿，都是大学生了。长子名国雄，次子名国威，他们两人，也和他们父亲一样，这几天是加倍的烦恼，兄弟二人在这里下象棋来消磨苦闷。及至有光说了那几句话，国雄将象棋一推，站了起来道："父亲，你还是保持你那非战主义吗？"有光取下了他所戴的大框眼镜，用手绢擦了一擦，再将眼镜戴上，然后很从容地答道："当然。人在世上，是求生的，不是求死的，现在世界上，拼命地研究杀人利器，利器造成功了，就去论千论万地杀人。杀死了人，抢夺人家的财产，拘束那没有杀完者的行动，他不知道他是无理性，不人道，他还要说是他忠勇爱国。平常人杀一个人，法律就要判他的死罪。到了军人手上，整万地杀人，不但无罪，而且有功，这是什么理由？

我认为现在的造枪炮的人，造兵舰的人，以至陆军大学的教授，他们都是疯子，都是魔鬼，他们靠他们的技艺学问去求生活，和野兽吃人，原是一样无二。至于那毫无知识的兵士，我只觉他们吃了魔鬼的魔药，除了可怜他而外，没有别的法子了。"他说着话，站了起来，手上拿着烟斗，再安上了一烟斗烟丝，步行到窗户边，向外望着，这时他气极了，以为他这两个儿子，不屑教诲，不必去和他儿子再争论了。他这样向外看着，首先射到眼帘来的，便是那几盆石榴花，便摇了一摇头道："看到这石榴，我就记起了这是旧历的五月。这个月份，在中国是十二分不吉利的，到了这时，不打仗点缀点缀，好像就对不住这个五月似的。这个五月，最好是糊里糊涂过去，连这种石榴花，我也怕见得了。"他的夫人高氏华太太，也坐在窗子边一张横榻上，低了头缝衣服，不免就放下衣服来笑道："你又在那里高谈玄学了。"国雄将棋盘推得远远的，两手扶在茶几上，向上托着小腮颊，表示出很沉着的样子，一人自言自语地道："不见得自古以来，五月就是坏月，反言之，中国五月是坏月，别人正是好月，我们不能纠正过来，让这月成个好月吗？"有光口里衔了烟斗，这时掉转身来，向他两个儿子望着道："你不信我的话吗？你想，五三，五四，五七，五卅，不都是五月吗？而今又是五月。你想，这五月是不是不祥之月。我们不要以为帝国主义压迫，不是我们自己的罪，谁让我们自己不知道自强呢。"国雄道："正是为了要自强，我们才要军队呀。"这位老教授，觉得儿子没有理会到他的意思。他正是说有了军队，年年内乱，所以不强。国雄倒偏说是就为了这个要军队。他气不过了，依然躺到藤椅上，将刚才放下的那本书，重新拿起来看。两手捧着书，挡住了面孔，只有他口中衔的烟斗,向书外斜伸出一个头子来。

　　国雄还不肯停止他的辩论,望了他父亲道:"无论如何,我认为在中国现时,是不能持那非战主义的。您不是怕看到石榴花开吗?我以为我们要轰轰烈烈干一场,以后要爱看石榴花开。把这个多灾多难的五月,变成一个大可庆贺的五月。"有光手里,依然捧着书,他没有说什么,只是脸藏在书后面,冷笑了一声。国雄道:"您别笑,让我细细来解释一番你听。您反对的是国家有战事,战事由何而起?是因有了军队,有了杀人利器。可是我们要知道兵和武器不是那样可怕,也有用处。一个国家要求他一国人的生成,不能不有军队,来防意外的侵害。譬如羊,那总是最柔和的动物,可是它头上,一般长了两个大角。这角做什么的,就是为卫护它自己起见,若是有豺狼虎豹来吃它,它就用角来刺杀豺狼虎豹。人类里头有羊,也有豺狼虎豹。我中国呢,就是人类中的羊。现在世界上各强国,谁不是像豺狼虎豹,要想吃一口大肥羊肉呢?您想,这羊能不长两只角来防备敌人吗?"有光听他儿子说了这些话,倒很有些学理,再不能够躺着不理会了,一个翻身坐了起来,将书放到一边。那烟斗里的烟丝,因为他看书的时候,爱抽不抽的,早已熄灭了,这时在桌上取了火柴,将烟燃着,重重地吸了两口烟,将烟喷着,然后从从容容地坐回那张藤椅。他本是上身穿着大袖衬衫,下身穿了长脚裤子,他用手提了提长脚裤子,表示他并不急迫的样子来。在他这样犹豫期间,他一肚子的议论,这就有了归结,想出了一个答复了。点点头道:"你所说的譬喻,很合逻辑,但是我们所看到的羊,是用它的角和羊去打架,并不曾看到羊用它的角,和豺狼虎豹去打架。"国雄道:"话虽如此,可是不能为了羊自己打架,就废除了羊的两只角,要不然,有一天豺狼虎豹来了,怎样去抵抗呢?"有光口衔了烟斗,两只手互相抱着,连连吸了几口烟,然后将烟斗取下来,向痰盂子里敲了一敲烟灰,摇了一摇头道:"你还是不明白,我看着这些羊有了角后,也变成豺狼虎豹了。不过它们是吃自己同类的骨肉罢了。"他父子二人如此辩论着,国威坐在一边,手抚弄着棋子,始终不曾做声。这个时候,看看兄长有些失败了,他突然站了起来,向大家一摇手道:"这个时候,不是讲理的时候了。若是就我个人的意思来说,做疯子就做疯子,做魔鬼就做魔鬼,生在这种世界上,我非去变为豺狼虎豹不可。变了豺狼虎豹以后,我要把欺侮我的仇敌,吃个一干二净。"他说着话时,左手伸平了巴掌,右手捏着拳头,在掌心捶了一下。这样一下,他是表示他已下了决心。有光看了儿子这种情形,与他的主张既是绝对相反,而且举动也过于粗鲁,是他所不愿见不愿闻的事。可是孩子们都是大学生了,他们有他们的思想,做父亲的怎能强迫。而且他们还有个永远护庇着的慈母在这里呢,又怎能说他们什么哩?因之口里只管吸着烟,一言不发。国雄笑道:"国威总是这样性急,话是一句很好的话,在你这态度上一表示出来,好话也说坏了。"有光老先生将两手反背到身后,在屋子里来回走着,口里的烟斗,已是吸不出烟来了,他依然极力吸着,有时还闭一闭眼睛,可以见到他想出了神。

华太太在一边看到,觉得这两位公子,太有点让他父亲难堪了,两手按住了怀里正在缝纫的衣服,就向大家笑道:"闲着没事,你爷儿三个又抬杠。说到打仗,我不知道什么是战主义,非战主义,可是拿了性命去拼人,总不是一件好事。那年我们这儿过兵,全村子闹个一扫精光,鸡犬不留,你们还说要打仗呢?"

国威道："怎么不打，打光了也就光了。若是不打，让人家洋兵把我们的财产收了去，还不如打光了，倒出一口气呢。我还是那一句话，愿做一只猛虎似的兵士，手里拿了手提机关枪，冲到敌人的阵线里去，对着敌人扫射。"他口里这样说着，两手端起一把小藤椅，向左肋下紧紧一夹，用椅子靠背朝着外，身子一转，做个扫射之势。他瞪着眼睛，闭着嘴，咬住了牙，表示出他那种坚决的态度出来。但是他身子刚刚转到一半，只听到当的一声，那椅子的腿，把桌上的茶杯茶壶，哗啷啷摔下来三个，瓷器砸在楼板上，茶叶和茶，溅到四处。国威手上夹了一把藤椅子站着呆住了，国雄哈哈大笑。华太太说了一声淘气，自己放下衣服，连忙找了扫帚畚箕，将碎瓷扫开去。老先生只将眉毛皱了一皱，不说什么，依然在屋子里踱来踱去。国雄将国威手上的藤椅子接了过来放下，伸手拍着他的肩膀，笑道："若是这样子扫射，我们家里先受着损失呀。"于是二人哈哈大笑。华太太清理着桌子，微微瞪着二人道："都是这样大的人，不要闹了。你们要变老虎，先吃家里人吗？"国威道："妈！你不要小看了我们，我总要做一点事情让大家看看的。俗言道得好，豹死留皮，人死留名，我们总要做一点出来。大丈夫不能流芳百世，就当……"国雄将手一摇，插住嘴道："下面那句不要。天下的事，都看人怎样去做。只要下了那番决心，流芳百世，又是什么难事？"有光取下烟斗，人向藤椅上一躺，腿架了腿，淡淡地一笑道："年纪轻的人，总是不知天地之高低，古今之久暂，流芳百世，这是一件多大的事情，轻轻悄悄的，让你们这样一说，就算成功了。其实你们还是想不开。呼我为马者，应之以为马，呼我为牛者，应之以为牛，中国哲学家……"华太太笑着站了起来，将手连摇了几摇道:"刚才非战主义这一个大问题,还没有讨论得完,你们又要讨论留名不留名的问题了。当大学教授的人,大概卖弄的就是这一点。不过这一点,我早也知道了,用不着在家里辩论。我去泡一壶菊花茶来,大家喝上一杯吧,不要徒在字眼上考究了。"说毕,她又是一笑。华有光研究了一生的哲学,什么事情,都可以研究出一个理由来,唯有这怕夫人的理由,从何而来,却是无从说起。华太太这样一说,他在这种不知理由之下,又走到窗户旁边,向平台上去观望,只看了石榴花,不住地出神。两位小先生因为议论得了母亲的帮助,战胜了父亲,暂时不能再向父亲进攻了,也是默然,于是刚才议论风生的场合,一时沉静起来,就是华太太,在这个时候,也不知如何是好。然而就在这个时候,丁零零的一阵响声,打破了这寂寞的空气,于是这全部的情形,就完全变化了。

第二回

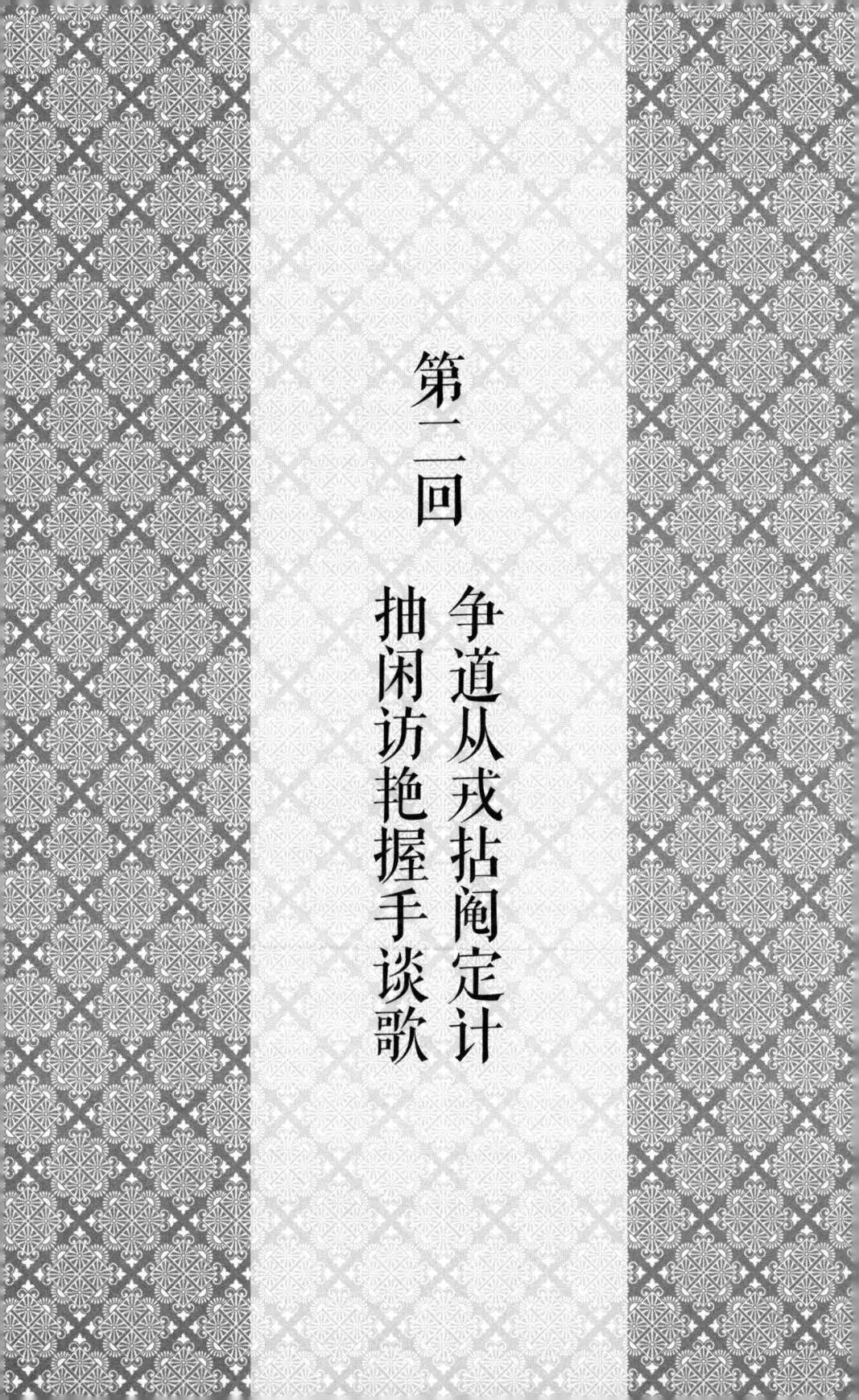

争道从戎拈阄定计
抽闲访艳握手谈歌

热血之花

这一道铃声，是门铃响，原来门口有送信的来了。华家的听差丁忠，拿了两封信来，都交到华有光手上，他接了信在手上，先笑了一笑道："家乡来的信。啊！太太，你也有一封，大概是令弟寄来的。"华太太拿了信在手上，也笑道："有一个月没有接到家信了，今天才有信来。"说着，将信拿在手上颠了一颠，呀了一声道："轻飘飘的，里面是一张信纸吧？"于是将信封口一撕，抽出信笺来，果然是一张信纸。那信上第一句是"姑母大人台鉴"，并不是兄弟来的信。自己娘家并无嫡亲的晚辈，这信上称姑母，是谁来的信呢？接着向下一看，乃是：

敬禀者：客套不叙，我村于本月十八日，被海盗占领，事前，乡团在庄中小有抵抗，海盗炮火乱发，将全村打得粉碎，全村老小均不知下落。侄因前一日出门讨账来归，托苍天之福，得逃此难，后事如何，将来打听清楚,再为报告。敬叩族姑母大人万福金安。

族侄高本农拜启

华太太手上拿着信,早有两点眼泪水滴在信纸上。一看华有光的颜色,只见他面上青一阵,白一阵,那衔在嘴里的烟斗,虽是早已熄灭了,然而他还不断地向里吸着,在他这样只吸空烟斗的时候,可以知道他的心事,并不在烟上,心已不知道飞到哪里去了。华太太道:"怎么样?信上有什么不好的消息吗?"有光叹了一口气,将信纸信封一齐交给华太太道:"你看看。"华太太接着信向下一看,那信写的是:

有光仁兄惠鉴:家乡邻近匪区,前函曾为述及。兹不幸,月之十六日匪徒大举进攻县城,道经我村,肆行屠杀,继以焚烧,全村荡然,令弟全家遇难,尸骨至今未能收埋。弟幸得逃出虎口,另谋生路,此项消息,谅道途远隔,未得其详,弟亲身目睹,未能默尔,因是逃难途中,匆匆奉告。前路茫茫,归去无家,弟亦不知何处归宿也。特此驰报,并颂文祺。

乡小弟刘长广顿首

华太太的眼泪,本来就忍耐不住了。再看了这封信,眼泪水犹如抛沙一般的,由脸上落了下来。因向有光道:"我们是祸不单行啦,你看看我这封信。"说着,就把手上的一封信,交给了有光道:"你看看,我家也是完了。"有光将信接到手上看完,那青白不定的颜色,更加了一种凄惶之状,手上拿着信纸,只管是抖颤个不定。他本是坐着的，不觉站了起来，胸脯一挺道："事已过去了，我们白急一阵子也是无用，只是我那兄弟……"国雄国威看了二老这种样子，早就将信抢过去看了一遍。国雄一跳脚道："他杀我们，我们就去杀他们。我们到了现在，家也破了，骨肉也亡了，再要说什么人道，我们只有伸着脖子让人家拿刀来砍了。"国威道："这海岛上的生番，无论他们怎样吸收物质文明，他那野性难驯，人道又和他讲不通的，要他怕，只有杀。哥哥，我们投军去，给叔叔舅舅报仇吧。"他越说越有劲，右手捏着拳头，只管在左手心里打着，两道目光由窗户向外看，看了那出兵的人行大道。华太太揩着眼泪道："我伤心极了，你们就不要作这无聊的争论了。"国雄道："怎么是无聊的争论？我们真去投军。"有光将信放在桌上，又按上一烟斗烟丝，慢慢地抽着。在他抽烟的时候，他默然不发一语，也望着那窗外的阳关大道，直待这一烟斗烟都抽完了，然后才叹了一口气道："这真是中国的劫运。然而这决不是外来的侮辱，假使中国政治修明，简直让全世界可以注意，决不会让生番出身的海盗，都来欺侮中国人。"国雄道："你老人家，或者有点错误，这一件事，并不用得把哲学的眼光去研究。假使哲学可以治理国家，自然没有战争，而且国家两个字，也许根本不能存在。"他说着话时，两手反背在身后，挺着胸脯子，将脚尖蹑着，身子挺了几挺，似乎胸中一腔子闷气，都在这身子几挺之下，完全发泄出来。这位哲学家虽然是相信非战主义，但是到了这个时候，两位少君都激昂慷慨到了极点了，再要持非战主义，恐怕要引起激烈的辩论了。于是自背了两手慢慢地走下楼去了。这里剩下华太太是无所谓战主义与非战主义的，坐在一边，自揩她的眼泪，国雄与国威还是继续着说投军去。由投军又说到战略与战术,结果,两个人还取了一张地图,摊在桌上来看。恰是这军事消息,一阵又接着一阵传来,当城里的报纸,寄到了乡下的时候,全村子里的人都震动了,原来报纸上用特大的字登载,乃是海盗已经攻下沿海十七县,马上就要进到省城来了。这十七座城池,向来都没有什么军事设备,海盗乘其不备地突然袭取,分十几处进攻,一日一夜之间,就完全丢掉了。国雄跳起脚来道:"古来败国亡家的人也有,像这样整大片丢土地的,那倒是少见,我们若再不迎上前去,照着孙中山的话,真十天可以亡国了。"国威道:"你打算怎么办?"国雄道:"怎么办?放下笔杆,我们去扛枪杆。"说着,伸手将胸脯一拍。国威原是隔了桌面在看地图,这就老远地站起来,伸出一只手来,和国雄握着,连连摇撼了一阵。然后坐下来道:"这件事和父亲的主张大大反背了,我们说是去投军,恐怕他不能答应。"国雄道:"只怕我们下不了那个决心,假使我们一定要走,我们是名正言顺的事,无论在旧道德上说也好,在新道德上说也好,我们的理由,是十分充足的,我们决不能受父亲干涉。"说到这里,正是华有光又缓缓走上楼来,他见国雄国威,都寂然无声了,便点点头道:"你们不必做成这种样子,你们所说的话,我已经听到了。"国雄道:"我们的家都破了,现在不能再持非战主义了吧?"有光点了点头,在他二人对面一张椅子上坐下。国威站了起来,举起一只手来说道:"我明天去加入义勇军。"高氏自看了信以后,满肚皮的忧郁,简直不知如何可以表示出来,两手十指交叉着,放在胸前,就是这样默然不语地坐在一边,现时看到国威那样雄赳赳的样子要去投军,这事似乎无可挽回的了,便望着他,用很柔和的声音道:"孩子……"国雄看到国威表示那样坚决,他也举起手来说,我当然是去。国威两脚一跳,连拍两下掌道:"好!好!我们同去。"有光把嘴里的烟斗取下来,走到两个儿子面前,自己也挺了胸脯,也表示出一番很沉着的样子,望了他二人道:"你们的意志,大概是决定了,我也不来拦阻你们,拦阻也是无用。但是打仗是危险的事,我只有两个儿子,只能去一个。"国雄道:"当然是我去。"国威道:"当然是我去。"于是两个人都望了他父亲,等他们父亲的取决。有光摇着头道:"这无所谓当然,我也不能说哪个儿子应当去打仗,哪个儿子应当陪着父亲。我和你们出一个主意,用拈阄来解决,拈着去的就去。"国雄道:"好!让我来办。"背转身就在旁边书桌上,裁了两张字条,用毛笔各写了不去两个字,然后将字条,搓成个小团儿,放在茶几上来,先用一只手按着道:"我这两张字条,一张上面写去,一张上面写不去,拈着去的去,拈着不去的就不去。"说毕,缩回手来,身子向后一退。向着国威道:"这阄是我做的,我不能先拈。"国威倒也不曾考虑,伸手就拈起阄来,打开看时,却是不去两个字。国威一跳脚道:"太不走运,怎么偏是我拿着不去的阄呢。"国雄将茶几上剩下的纸阄,拿了起来,向嘴里一扔,吞下肚去,微笑道:"当然我拈着的是去,不必看了。我觉得苍天有眼,我是长子,应该去呀。"说着,伸手过来,和国威握着。国威笑道:"我祝你成功,但是我也会用别的方法来帮助你,决不至于闷坐在家里的。"他这样说着,脸上尽管表示欢喜,但是心里可懊丧极了。他无精打采地走下楼去。华太太见国雄抖擞着精神,站在屋子中间,半昂着头,现出一种得色来,便道:"你真要去投军吗?孩子。"国雄笑道:"我们郑而重之的,拈了阄,再说不去，那不是小孩子闹着玩吗？走了，我马上到义勇军司令部报名去。"说着，掉转身子就向楼下走。华太太站起身来，追到楼梯口边道："孩子，孩子！"但是这个孩子，是国家的孩子，不是母亲的孩子，已经穿上了学生服，出了大门，径自投军去了。

过了三天之后，华国雄换了一身军服，走出军营来，他不是回家，却是去探访他几乎可以和国家父母相并重的一个人。这种人，在男子们方面，就是没有，也很希望着有。是一种什么人呢？就是男子们的情人了。国雄的情人是城中女子中学的一个音乐教员，姓舒名剑花。当国雄匆促去投军的时候，不曾分身去和剑花报告，现在是急于要去见的一个人了。剑花的家庭，很是简单，仅仅只有她一个五十岁的老母。因为她爱好美术，所以住在一幢很整洁的小屋子里。屋子外面有一片旷场，墙上挖着百叶窗，正对了一排密密层层的槐荫。当国雄走到槐荫之下，那窗户里面，一阵钢琴的声音，由窗户传了出来。接着便有一种很高亢的歌声。那歌子连唱了三遍，国雄也完全听懂了。那歌词是：

娇！娇！娇！这样的名词，我们决不要！上堂翻书本，下堂练军操，练就智勇兼收好汉这一条。心要比针细，胆要比斗大，志要比天高。女子也是人，决不能让胭脂花粉，把我们人格消。女子也是人，应当与男子一样，把我们功业找。国家快亡了，娇！娇！娇！这样的名词，我们决不要！来！来！来！我们把这大地山河一担挑。

国雄听了这歌声，在外面先叫了一声好，然后推了大门走进去，一路鼓着掌道："唱得好歌，唱得好歌！"舒剑花的书房，有一面正对了外面的旷场，外面这一叫好声，早是把她惊动了。及至国雄走进去，她依然还坐在钢琴边，心里可就想着他有好几天不曾来，我且不理会他，装出一种生气的样子，看他怎么样？她如此想着，所以面对了钢琴，并不曾回头一看。及至脚步走得近了，半偏着头，眼睛瞟他一看，见他是穿了军服来的，不由得口里哎呀了一声，突然站起身来道："国雄，你……"国雄将身上背的武装带一抬，笑道："剑花，我投了军了，你看我，像一个军人吗？"说着，做个立正势，脚一缩，两只皮鞋后跟一碰，啪的一声响，他举着右手到额边，和她行了一个举手礼。剑花点了点头，笑道："恭喜！"说着向前一步，看了看，又退后两步，偏着头，向他浑身上下，打量着。国雄也抢上前一步，执着剑花的手问道："你仔细看看，我究竟像一个军人吗？"剑花点头笑道："像！不但是像，简直就是个英气勃发的爱国军人啦。你有了今日一天，我替你快活。"国雄道："刚才你唱的歌，我也听见了。这是新编的歌词呀，正是我们爱听的，这比妹妹我爱你的那种歌词，要高过去一百倍了。"剑花笑道："幸而你来的时候，我唱的不是妹妹我爱你。假使我唱的是妹妹我爱你，恐怕你不进大门，就要走了。"国雄握着她的手，一同到一张长椅子上去坐下，笑道："你不会编一支哥哥我爱你的歌来唱吗？这歌里可以用许多鼓励男子的话了。我记得在小学里的时候，有这样两句歌，老母指面，败归休想。娇妻语我，堂堂男子，死沙场上。一个当小学生的人，哪里有娇妻语我的这一回事。其实……其实……"他执着剑花的手，只管是摇撼不已，这句话，他可说不下去了。同时，只把眼睛注视到她的脸上去。剑花并不去问其实以下何以不说，只微笑道："哥哥这两个字，只好写在小学生教科书里，我这么大人编着，我这么大人唱，未免有点肉麻了。"国雄道："那么，我们来同唱一段从军乐。"剑花一只手托了国雄的手，一只手轻轻拍了他的手背道："你既是从军，行动就不能自由，以后见面的机会很少。见了面，应当好好地谈一谈，为什么唱呀闹呀地把光阴牺牲了呢？"国雄笑道："好，我们就坐着细细的一谈，但是我觉得要说的话太多，要从什么地方说起呢？"剑花道："我们既不是告别，又不是有什么问题要谈判，为什么感到谈话的资料困难？"国雄道："并不是我感到谈话的资料困难，因为你要和我好好的谈话，我想这谈话，一定非比等闲，大可寻味，所以我就想到资料方面去了。"说着，向她一笑。她见他一笑，也报之一笑，在这种莫逆于心的情形之下，两人倒沉静起来了。

第三回

密地潜来将军发令

雄资骤得少女忘形

热血之花

女人的笑，是含有一种神秘意味的，在剑花如此一笑的时候，国雄注视着她，很久很久的工夫，不觉就是一个很长的哈欠，接着还把两手一抬，伸了个懒腰。剑花忙站了起来，两手向他摇了几摇道："你这种状态，有点不妥，一个当军人的人，哪有这样懒洋洋地伸着懒腰之理？"国雄将自己的军衣下襟，拉了一拉，突然站立起来，胸脯一挺，笑道："你这话说的是，我应当将精神振作起来。"剑花道："不但如此，还有一件不堪入耳之事，我要贡献给你。"国雄道："不堪入耳之事，那是什么话呢？我想你也不至于说这种话呀！"剑花望了他，微笑道："其实也不是不雅之言，不过你听了，不大愿意罢了。我想爱情这东西，消磨人志气的时候多，提起人精神的时候少，你到这里来，容易消磨你的志气，我希望你以后不要来，万一要来，你也应当少来。"国雄笑道："这样说来，转一个弯说话，我到这里来，就是度爱情生活了。"剑花笑道："你自己说呢？"国雄道："我可要驳你这句话，古来的人，总是英雄儿女并论，你只看那些鼓儿词上，没有提到打仗，不来个临阵招亲的，这可见得当兵不忘恋爱，在旧社会里头，已经是把这种观念，深入民间，我何人斯……"剑花又笑着连连摇手道："这是不通之论。古来成大功立大业的人，不见得非亦儿女亦英雄不可！西边一个拿破仑，东边一个项羽，那是叱咤风云的人物，也有许多风流韵事，可是他们结果怎么样？西边一个华盛顿，东边一个成吉思汗，那是成大功的主儿，风流韵事在哪里？俗言道得好，心无二用，一个人真要做一番事业，那就不必到事业外去谈什么爱情了。"国雄笑道："我倒好像在这里上历史课，要你和我讲上这一大套兵书。但是你所举出例子来的这四个人，我都没有这个资格去学。"剑花笑道："你这话还是不受驳，哪个英雄是天生成的？还不是碰上了大有为的机会，各人自己创造出一番世界来的吗？别人可以趁机会干一番事业，你华国雄就为什么不能趁机会干一番事业？你自己虽然谦逊着，说你不能做一番事业，但是我看你就资格很够，我希望你做一个英雄。"国雄又坐了下去，一手搭在她肩上，轻轻拍了两下道："换句话说，你就说我可以做一个华盛顿，是也不是？"剑花点点头笑着。国雄笑道："俗言说，关起门来取国号，我们两人的行动，也有些差不多吧？"剑花握着他的手，轻轻向下一放，笑道："说着说着，你又犯了毛病，这种行动，老实说，我是不大赞成的，尤其是现在这个环境之中。"说着，她就正了颜色道："国雄，我说的是真话，我希望你从此以后，把这水样柔情，完全收拾起来，做一个铁石心肠的硬汉。等到打了胜仗回来，你谈恋爱也好，你谈风流也好，反正是各尽了各的责任，于国家社会都没有妨碍了。你的学问见解都比我好，难道到了这紧要关头，你就偏偏不如我。"最后这两句话，算是把国雄刺激着兴奋起来了,又站起身一挺胸脯,点点头道:"好!我依从着你的话办。你能说出这种话来,就不同于平常的女子,我佩服极了。"剑花也站起来,挽了他的手道:"你既是能做一个铁汉,便在我这里多耽搁一会儿,并没有什么关系。你再谈一谈如何?"国雄还不曾答复她这一句话,电话机铃忽然响起来。国雄站着靠近了电话机,剑花好像怕国雄接着电话似的,抢了过去,就把电话耳机握在手上。她喂了一声,答道:"是……哦……我知道……好……我立刻就来。"她如此说着,国雄虽然猜着,必是一件不能公开说出来的事,但是剑花为人,自己是很知道的,也不见得就有什么过分不高明的地方,只做模糊不知道,并没有怎样去问她。剑花倒也怕他疑心,自己先说了出来道:"真是不凑巧,我想陪着你多说两句话,偏是学校打了电话来,催着我去有话说。"国雄笑道:"我依着你的话,把这水样柔情要抛开了,你既是要走,我也不耽搁,立刻就回营去。"说着,举手和她行了个立正礼,挺着胸脯子,迈开大步就走了。剑花很快地追送到大门口来,见他这一派气概非凡,便在他身后连点了两点头,那自然是佩服的意思了。

她一直等着看不见了国雄,然后回家去换了衣服,告诉了母亲,在电话里叫了一辆汽车来,她出门坐上汽车,直奔城的东北角。这里是城中最荒僻的地方,住的都是贫寒人家和几片菜园,并没有什么文明气象,更不见一所学校。汽车开到了一条旧巷里,很是窄狭,汽车没有法子可以进去。剑花下了汽车,付了车费,让汽车回去。

自己在这小巷子里绕了大半个圈子,转到一所破庙边,这庙是一道很低的土墙围绕着,上面还留着一片灰红色涂的泥灰,是不曾剥落干净的，这越发地显着这庙宇的朽败了。随着土墙，转到一个后门边，门是两扇枯木板，原已虚掩着，剑花随手推开门走了进去。一条不成纹理的鹅卵石小路，在古树森森的浓荫下，直穿过两幢佛殿的小夹道。那人行路上，青苔长着有一寸深，而且还斑斑点点，洒了许多鸟粪。走到殿后一间堆柴草的小配殿里，上面佛龛是倒坍了，却有几个断头断脚的佛像。在神龛下用手一推，推出了一个窟窿，由这里俯身而入，脚下是一层一层向下的土阶，走下去七八级，就是一个地道，远远地放了一些光线，对着这光线走，前面的光线也就越来越大，走到近处，是个洞口，闪出一个天井，天井那边，还是一个大门，紧紧地闭住。剑花走到门边，且不拍门，对着门，口里喊道："二一四号。"那门里仿佛是有人，只在这一声报号之后，门开了一条缝，由门缝里闪出了个人影子，那影子一闪，让她由门缝里侧身而进。进了门之后，又是一条很长的夹道，这里有两个全武装兵士，站在门里两边。虽然放了一个人进来，而且是这种很秘密的样子，但是他们并不介意，也不对这进来的人盘问什么话。剑花顺了这条长夹道，一直向前走，这条长夹道，在一幢高大洋房的直墙之下，一点声息也没有，剑花在石板道上走着，那皮鞋嘚嘚之声，却清清楚楚的，令在这一条长夹道上都可以听到。这嘚嘚之声，随人而远，经过了三重门，到了一个很大的门楼边，门楼下站着四个背枪的卫兵，剑花见了他们，远远地站定，口里又报号道："二一四号。"四个卫兵之中，有一个卫兵和她点了一点头。于是推门而进，走过一个长廊。长廊之前，是个大厅，上面垂了长幔，长幔之外，又是四个卫兵，剑花站定了道："二一四号。"帐幔里有人答道："进来。"

进了帐幔,是一所公事房,壁上挂了许多地图和表格。正面一副中堂,是临的岳武穆笔迹,"还我河山"四个大字,两边一副五言对联,乃是"养气塞天地,效命赴疆场"。在这中堂之下,设了一张公事桌,公事桌上,也是列着地图表格书籍电话机笔墨,只在这一点上,可以知道是个很忙碌的办事所在。一张圆椅上,坐了一个虬髯军服的军官,他瘦削的面孔,高鼻子,两只闪闪有光的眼睛,表示他一种沉毅有为的样子出来。他手上捧了一个小藤筐子,里面盛着一筐子带旗的小针。他面前有一张地图,他正把这带旗的小针,向地图上插着,正是低了头,很出神的样子。剑花因他是管全军情报的警备张司令,地位是很高的,人也是很尊严的,不敢乱说什么,所以悄悄地站在公事桌面前,静等他的吩咐。那张司令抬起头来,剑花连忙就是一鞠躬。张司令向她点了点头,意思是让她走了过去。她走到桌子面前,望着张司令,张司令两手按了桌子,脸上表示很沉着的样子,对剑花道:"舒队长,我知道你是个忠勇精明的人,我派你去做一件重要的工作,你能为国家牺牲一切吗?"剑花毫不踌躇,点了头答道:"能!"张司令停了一停,那炯炯有光的眼睛向她一闪,低着声音道:"我打听得铎声京戏班,是海盗的密探队,唱武生的余鹤鸣,就是首领,他有外国护照保护,我们没拿着证据,没奈何他们,你去把他的秘密找出来,能暗杀了他,更好!"说话时,他两道眼光射在剑花脸上,等她的回答。剑花挺着胸答道:"司令,我尽我的力量去做。"张司令站起来,特意步出公案走近前来,两手按了她的双肩,轻轻拍着,点着头说:"我相信你有办法,千斤担子,都在你一个人挑起来了。"剑花微笑着一点头道:"司令,我尽我的力量去做。"张司令指着旁边一张椅子道：有话坐下来慢慢地说。于是剑花和他对面坐着，平心静气，商量了十五分钟之久，然后才告辞而去。

在这日的第二天，报纸的社会新闻栏里，登着如下一段消息：

> 第二女子师范教员舒剑花女士，素精音乐，每值教育界有游艺会举行，非女士加入，即为遗憾。然女士家道殊不甚丰，堂上一母，砚田所入，且不足以供甘旨，丰才啬遇，闻者惜之。近今女士叔父某君，在南洋新加坡病故，事前立遗嘱，以现款十万之遗产，交与女士继承，于是女士平地登天，一跃而为千金小姐矣。

这段消息在报上宣布以后，社会上都轰动了。并不是这十万块钱，就让人特别注意，只因为舒剑花这个人，在省城里是朵艺术之花，倾倒于她的，为数很多，一旦听到说她发了十万块钱的财，都认为是一种很有趣的新闻。一班人以为当这个乱世，一个姑娘家，突然有了这些钱，总是讳莫如深，不肯承认的。不料事实上大为不然，剑花不但是不否认，而且很公开地表示她已经发了财。她原来住的所在，本是很狭小的，在这段消息发表后两天，她就新租了一所高大洋房住了。这个消息，既然登在报上，国雄自然也是知道的。自己的情人，自己的未婚妻，发了十万块钱的大财，当然是值得欢喜的一件事。然而转念一想，女子的虚荣心，似乎比男子还要高一个码子，剑花正在青年，突然有了十几万的家产，岂有不骄傲奢侈起来的，自己究竟是个穷措大，有了这样一个富拥十万巨资的夫人，将来如何可以对付。因之在剑花十分快活的时候,他倒是十分的不快,可是他转念一想,这种猜测,未免有点无病呻吟;而况剑花这个人,和平常女子不同,她决不能因为有了几个钱,就变更了她的态度,因之心里有时又安慰一点。只是军队里面,现时加紧训练,不得请假外出,只好每日写一封信给剑花,劝她不可因为有了钱就放荡起来。剑花倒也有信必复,说是虽有了钱,也只找点正当的娱乐,不过每日出去听听戏而已。国雄知道这个消息,又写了信去劝她,说是听戏这件事,固然无伤大雅,但是现在国难临头,娱乐的事,最好是少寻。然而剑花再回他的信,就不提到这一层上面去了,直过了一个多星期,国雄得着一个假期,他再也忍耐不住了,出得营来,一直就奔剑花的新家而去。

这里已是一所高大的西式楼房,门前花木阴森的,是一片花园,花木中间,是一条很平坦的汽车道,直通到楼栏杆下的一所大门,门前停着一辆崭新光亮的汽车,一个穿了漂亮衣服的汽车夫,手扶着车轮,正待开车要走,静等乘车的人上车。只在这时,剑花穿了一身灿烂漂亮的绸衣服,由屋子里走了出来,一见国雄,突然站住,身子一缩,似乎有点吃惊的样子。国雄也忘了身穿军衣,应当行军礼,倒抱了两只光拳头,向剑花连连拱了两拱手,笑道:"恭喜呀!恭喜呀!"剑花笑着点了点头,便走到汽车门边,回转头来笑道:"你来得不凑巧,我要出门了。"国雄道:"我难得有个放假的日子,你不能陪着我在家里谈谈吗?"剑花笑道:"你早来一点钟,我就能陪你谈谈了。"国雄听她这种话音,简直就是不能陪伴。心想她有了钱,果然就冷淡了。便笑着点头道:"好吧!你请便。但是什么事,你有这样子忙呢?你能告诉我到哪里去吗?"剑花昂了头答道:"那有什么不可以？我到大亚戏院听戏去。"国雄望了她道："什么？听戏去！"剑花又点了点头。国雄道："我劝了你好几回了，你都不回我的信。这样国难临头的日子，我劝你不要这样只图舒服吧。"剑花微摆着头道："你不懂。从前没钱的时候，要什么没有什么。现在有了钱，从前想不到的，现在都可想到了，为什么不一样一样享受一下？"国雄淡淡地道："你不怕社会上的人骂你吗？"剑花高声道："我自己花我自己的钱，谁管得着？傻子，你要我做守财奴不成！再会了。"说毕，她自己开了汽车门，身子向车里一钻，隔了玻璃窗，向他点了点头，汽车喇叭呜呜一声响，掀起一片尘土，便开走了。国雄站在阶沿石上，望着车子后身，半晌做声不得，长叹了一口气道："这是金钱害了她了。"

第四回

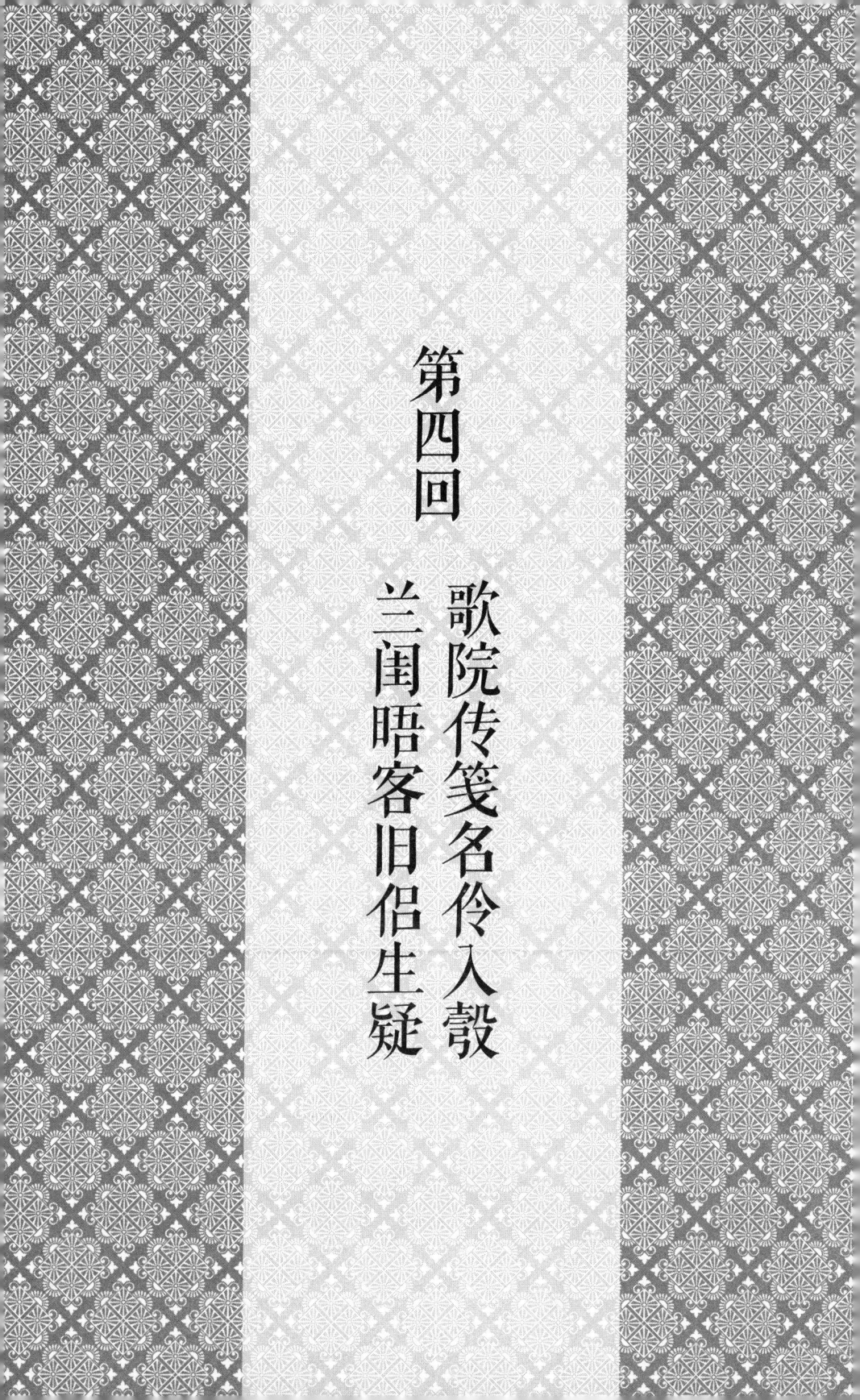

歌院传笺名伶入彀
兰闺晤客旧侣生疑

第四回　歌院传笺名伶入彀　兰闺晤客旧侣生疑

热血之花

　　华国雄这一声长叹,自然有极深的用意,然而舒剑花专心致志在大亚戏院,她哪里理会得。汽车直驰到了大亚戏院,她直接就向楼上包厢房里去。因为这个包厢,已经被她包用了一个星期之久,戏院子里的茶房,都知道她是个老主顾,一见她,老早地就笑着一鞠躬,表示敬意。她进了包厢,就有男女两个茶房进来伺候茶水。这都因为她很不吝惜小费,实在是值得欢迎的。男茶房退去,女茶房将茶壶斟了一杯茶,放到剑花面前,望着她嘻嘻地笑道:"小姐,您来得正好,余老板的黄鹤楼刚露呢。"剑花微笑着和她点了点头。这时戏台上,刚刚上了四个队子,门帘子一掀,余鹤鸣扮着风姿潇洒的周瑜,向台下一个亮相,唱了四句摇板,剑花早随着楼上下的观众,啪啦啪啦鼓起掌来。周瑜坐下,鲁肃上场,他躬身一揖,道白:启禀都督,刘备过江来了。周瑜道白:刘备过江来了,带有多少人马?鲁肃道:并无人马,只有子龙一人。周瑜大笑起来,两手握住了头上两根雉尾,扳到头前面,转圈儿地舞弄着梢子,那眼神就随着雉尾梢,向包厢里射了去，剑花觉得他这两道目光，完全都笼罩自己身上，又笑着鼓了两下掌。女茶房站在一边，低低地问道："舒小姐，你还有什么事吩咐吗？"剑花在身上掏出一沓十元一张的钞票，抽了一张，交给女茶房道："这十块钱赏给你。"女茶房蹲了蹲身子，笑道："谢谢你。"剑花在手提包里，取出自己的一张名片来，交给女茶房道："这个……交给……"女茶房笑道："我明白，交给余老板。"剑花点头笑道："对了。可是你别对人说。"说毕，又是一笑。女茶房笑道："余老板早知道你的。"剑花道："我家只有一个老太太，朋友只管去，没关系。"女茶房笑道："我知道。"说毕，拿着那张名片，就向后台而去。

那饰周瑜的余鹤鸣，口里衔了烟卷，坐在一方布景之旁，低头沉思。那个饰鲁肃的归有年，手上拿了胡子，一只脚架在方凳上，向余鹤鸣笑道："嘿！那人儿又来了。连今天包了一个礼拜的厢了。"余鹤鸣笑着喷出一口烟来道："真漂亮！"归有年向后台四处看了看，低声说："你别胡来，仔细惹下了乱子。"余鹤鸣道："她是个暴发横财的小姐，我早知道了，玩玩有什么要紧。"归有年道："话虽如此，人心难摸，总以小心为妙。"他们说了几句话，又该上场，就各自上场去了。把这一出戏唱完，余鹤鸣到戏箱边匆匆地去卸装，正坐在衣箱上抬起两只脚来，让跟包的蹲在地上和他脱靴子，他口里还是衔了烟卷，在那里微笑。那归有年已是卸了戏装，走将过来，将嘴一努道："包厢里的那人儿还没有走哩。"余鹤鸣低声笑道："你见到我就说，什么意思，打算替我宣传吗？"他一只脚已经脱了靴子，却把光袜子向他身上踢了一踢。归有年将身子一闪，就笑着避开去了。余鹤鸣倒相信归有年的话，以为剑花果然还在包厢里等着，连忙

第四回　歌院传笺名伶入彀　兰闺晤客旧侣生疑

走到上场门，将门帘子掀开来看了一看。归有年站在身后，拍手哈哈一笑。余鹤鸣回转身来，刚待说一句受了骗，只见一个女茶房在后台门口一闪。余鹤鸣心里一动，就匆匆地洗了脸，换好衣服，走了出去。一出后台门，那女茶房由墙边迎了出来，低声笑道："余老板你刚出来，我等了好久了。"说着，将身上揣的那张名片，向他手上一塞。余鹤鸣接过来一看，笑着道了一个哦字。女茶房笑道："她说了，她家里只有一位老太太，家里非常文明的，朋友去了，她们是满招待。"余鹤鸣在身上掏出一张钞票，向她手上一塞，笑道："你不要做声。"女茶房接钞票，道了一声谢谢。余鹤鸣笑道："别谢，以后有事拜托你的时候，你别拿巧就得了。"说着，一路笑了出去。

他有了这张名片，连姓名地址电话号码全知道了。这还有什么可踌躇的，要见她便按图索骥而去就是了。过了一天，第二天恰是没有日戏，换了一套西装，坐了汽车，就来拜会剑花。这个时候，剑花正在一个精致的小书房里，半躺半坐在沙发上，拿了一本书看。一个听差送上一张名片来，剑花接过来看了，便道："请！快请！"听差道："请到客厅里吗？"剑花将这本西装书撑了下巴颏，想了一想，笑道："就是这里会他吧。不，你先把他请到客厅里，再来告诉我。"听差出去，把余鹤鸣请到客厅里坐着，然后再进去报告。余鹤鸣一看这客厅里，全是西式家具，地毯铺了有一寸厚，可想是个欧化的富家。自己正在这里打量，那听差又出来相请，说是我们小姐请到里面坐。余鹤鸣听了这话，不免心里一跳，一个初来的生客，怎么就请到内室里去？笑了一笑，就跟着听差走；到了剑花的书室里，只见剑花穿了一件花衣服，袒胸露臂地斜坐在沙发上。她一见客来，突然站起，笑道："哟！呵哟！余老板，请坐！"在她这呵哟一声之间，看她脸上笑嘻嘻，大有受宠若惊的样子。余鹤鸣笑着，向她鞠了一个躬。剑花低了头，笑着又说请坐，似乎有点害羞哩。余鹤鸣道："这一个礼拜，多蒙舒小姐捧场，我特意来谢谢的。"剑花笑道："呵哟！这话不敢当，余老板肯到舍下来坐坐，那就很赏面子了。"彼此对面坐下，剑花的目光下视，由他的皮鞋上，缓缓向上升，一直看到他的胸襟上来。见他衣袋中有一把钥匙链子垂在外方，不免多盯了两眼。在她这种表示之下，余鹤鸣心里荡漾着，也不免向剑花看来，先看她的腿，再看她的薄绸衫，见她袒出来的胸脯，又白又嫩，如豆腐一般，说不出来自己心里有一种什么感触。他正如此看了发呆，不料就是这个时间，来了一个不速之客，不是外人，就是剑花的未婚夫华国雄。国雄因为前天一句话，没有把剑花劝过来，心中实在放不下，今天又请两点钟的假，打算见了她，好好地劝上一顿。他到这里，也不要门房通报，一直就向里撞，及至走到内客室门外，一见有个西服男子在这里，而且剑花是这样一种装束，立刻心中一跳，站着发了呆，走不上前去。剑花一回头看到，只当没事，笑着站了起来，向国雄招了一招手道："来！我给二位介绍介绍。"于是半勾着腰，向国雄道："这是敝亲华先生。"余鹤鸣也不知道是她什么亲戚，就站起身来，点了点头。剑花又介绍道："这是余老板，都请坐。"这余老板三个字，国雄听了，是异常刺耳，便笑着点头道："余老板请坐吧，我暂不奉陪。"又对剑花道："我要看伯母去。"说毕，就转身上楼去了。

楼上一间大屋子里，也是像楼下一样，陈设得很精致。剑花的母亲舒老太太，正斜躺在一张安乐椅上。身边有个柜式的话

第四回　歌院传笺名伶入彀　兰闺晤客旧侣生疑

匣子，正唱着，她笑嘻嘻地侧着脸在那里听。国雄走进来，行了个军礼，笑道："伯母，好快活啊！"舒老太太起身笑道："我这大岁数了，快活一天是一天。你今天怎么又有工夫来？"国雄在老太太对面一张椅子上坐下，很从容地道："我是特意请假来的。"老太太走向前将话匣子关住，按着叫人铃，对国雄这句话，似乎没有怎样注意。一个女仆进来了，老太太道："你泡壶好茶来，把好点心也装两碟子来。"国雄坐着，伸出两只脚，两只皮鞋互相叠住了摇撼，便注视在自己两只皮鞋上，默然不做一声。舒老太太站着看了他那样子，不觉微微一笑，她依然在安乐椅子上半斜躺着，微笑道："剑花和我买了这个话匣子，什么样的片子都有，你爱听什么片子？"国雄笑道："我们军营里正在练习作战，光阴是很宝贵的，老远地请了假来听话匣子，这是什么算盘呢？"舒老太太笑道："你现在真是爱国，但是找一点快活，也没有什么关系吧？"国雄道："虽然是这样说，但是娱乐这两个字，很容易颓废少年人志气的。"舒老太太道："这样说，我们快乐是不要紧了，一来是女人，二来又年老了，要爱国也无从爱起。"国雄道："说到年老的人，无从爱国，这还有话可说，若说妇女就无法爱国，这句话，我有点不能赞同。伯母的意思怎么样？"舒老太太道："当然，妇女们一样的可以爱国。"国雄道："说到这一点，我就要论到剑花了。她正是一个有为的女青年，不但不爱国，而且她闹得太不成话了。天天听戏，吃馆子，跳舞……"舒老太太便抢着道："你为什么这样顽固？她以前很苦，现在有了钱，让她快乐快乐也好。"国雄点头道："对了。有了钱是应该让她快乐的。不过我们总是清白人家，把那走江湖的人引到家里来，总也不大好。"舒老太太道：

"哪有什么走江湖的人到我家来呢？"国雄笑道："原来伯母还不明白，请你到楼下去看看，有什么人在那里坐着？"舒老太太道："哦！你说的是唱戏的余鹤鸣吗？唱戏的人，现在不像以前了，社会上都很看得起他的。剑花喜欢音乐的，让她交两个艺术界的朋友，这也无所谓啊！"国雄道："你老人家，没有看到过余鹤鸣这种人，一脸的油滑样子，绝不是什么正经的艺术家。我虽然有点顽固，但是不见得有那种封建思想，就像旧社会的人一样，看不起戏子。"舒老太太道："这位余老板的戏，我也看过的，他不像是个坏人。"国雄听到老太太极力和剑花辩护，多说也是枉然，冷笑了一声道："很好，那就很好，再见了。"说毕，站起身来，就告辞而去。舒老太太追着送到房门口，笑道："没有事就来坐坐啊！"国雄鼻子里哼了答应着，人就一步一步地向远，已经走下楼去了。当他下楼经过内客室的时候，只见剑花和余鹤鸣并坐在一张沙发上，笑嘻嘻地彼此谈得很起劲。国雄鼻子里又哼了一声，冷笑着走夹道绕了出门去，就没有经过那内客室。然而剑花在屋子里，眼睛可是不时地注视到窗外和门外，见国雄一人低头红脸而去，禁不住呆了一呆。余鹤鸣也看到了，笑问道："这位华先生，是府上什么亲戚呢？"剑花道："是我一个远房姐夫，其实也不能算是亲戚。他知道我家新近在经济上活动一点，就常来借钱，真是讨厌得很。"余鹤鸣道："他穿了军服，是义勇军吗？"剑花道："什么义勇军，风头军罢了。他借了这个机会，穿上一套军衣，好到处耀武扬威，这种人我最是讨厌。"余鹤鸣笑道："舒小姐一连说了两个讨厌，当然对他是讨厌得很。"剑花叹了一口气道："俗言说得好，贫居闹市无人问，富在深山有远亲。我们现在可以过日子，什么亲戚都来了。

人家好意来相看，有什么法子可以拒绝，只得罢了。"余鹤鸣听了这话，也只含着微笑，不去再说什么，因为他早已看到她手指上戴了订婚戒指了。剑花在自己说完和国雄的关系以后，也觉得有点失言，但是若再用话来掩饰，恐怕更会露出马脚，所以并不说什么，只当没有感觉到余鹤鸣已察破了秘密，只管把很甜蜜的话去逗引他，将这事牵扯开去。余鹤鸣陶醉在剑花的眼光笑意里了，在初见面的一个期间，自然也不便去追问，所以依然很高兴地谈到日落西山，方才告辞而去。剑花谈话的时候，原是笑嘻嘻的，但是等到送客到了大门口，回转身来以后，立刻双眉紧锁，说不出她胸中那一番痛苦来。缓缓地走上楼，到了她母亲屋子里，两手一扬道："嗐！真是不凑巧，偏偏赶着他今天来了，把事情几乎弄僵。他上楼来说了我什么？"老太太笑道："你想，他能不说什么吗？"剑花道："这个我也没有法子。我不但是这样，弄假成真，也许真要和他离婚才好。"老太太哦了一声道："那可使不得！你不明白他的那个脾气吗？也许会激起什么意外来。依我说，你就对他把话说明也好。"剑花笑道："这是重要大事，怎可胡乱对人说的！老实说，原先我对你老人家也想瞒着的，但是我凭空落下一个叔叔，而且有十万块钱的遗产，要是不和你说明，怎样装得像呢？为了公，就顾不了私，为了国家，就顾不了爱情。我已经决定了牺牲，对不住国雄，只好让他去生气的了。"老太太点了点头道："嗐！我也没有法子，只好听凭你去做了。"剑花道："这个姓余的，机警非常，要想在他面前玩手段，那非做得像真的不可！我想到了真没有办法的时候，我就拿这条命拼了他，也不能让他在这城圈里作怪。"老太太听了这话，眼望了这花枝一般的姑娘，只管发愣，做声不得。剑花站在一边,也斜对了她母亲,呆了一会儿,忽然笑起来道:"不要发愁了,我来跳一段舞给你老人家看吧。"于是找了一张跳舞的音乐片子,向话匣子上一放,自己牵了长衣的下摆,左摇右摆,就在屋子中间跳起舞来。老太太先是皱了眉望着她,她跳舞跳到老太太面前,却一伸脖子,在老太太脸上闻了一闻,老太太说一声淘气,也就禁不住哈哈大笑起来了。

第五回

留别书弃家卫社稷
还约指忍泪绝情人

热血之花

在剑花这一方面，对这件事，似乎毫不为意。可怜华国雄这书呆子，哪里摸得清楚，总以为剑花有了钱，就变更态度了。本来放心不下，总想向剑花去多劝说几回。但是义勇军近来操练得很紧，绝对没有工夫可以出营去。每当自己一人想着很过不去的时候，就写封信给剑花。但是去两三封信，也难得她回答一封信，就是回了信，她也决计不肯提到娱乐两个字上面去，只是劝国雄为国努力而已。国雄一气之下，也就不再写信给剑花了。

过了一个星期之久，前线很紧急，义勇军等着出发，内部忙了两天，在开拔的前一天，和开拔当天的上午，将兵士分别放假三小时，让各人出营去和亲友告别。国雄是在当天上午得的假，因为时间匆促，在城里借了一辆脚踏车，就飞快地骑着跑回家来。他到了家门口，想看看父母做什么，要突然地出现在二老之前，好让他们惊异一下子，因之将车放在大门口，悄悄地步行进去，楼下并没有人，只看那垂着的竹帘，让风微微掀动着，和门撞击着，那轻微的声音，都可以听得出来。这样的静寂，想是父母都睡了午觉了。兄弟国威，他不是一个能安静的人，怎么也不做声呢？于是又悄悄地登着楼梯，走到楼上来。在楼门口就站住了，看看楼上有什么动静。只见他母亲斜靠在一张藤榻上，两手放在胸前，低垂了眼皮。父亲口衔了烟斗，两手反背在身后，面窗而立。那反在背后的两手，右掌托了左拳头，只管互相拍着。看那神情，又是在思想一件什么事情呢。他母亲高氏，忽然叹了一口气，沉静了一会子，才道："这件事，我真是料不到的，照私理说我是不愿意的。"有光依然面向着窗子外，叹了一口气道："他们的题目大，我们有什么法子呢？只是国威这孩子做事，也太任性一点。其实我们有话也不妨好好地说。"高氏道："我们俩，都有个岁数了。两个孩子都从军去了，两个孩子……"国雄在楼口上看到，再也忍不住了，先叫了一声妈，又叫了一声爸爸，随着叫声，人就跑了上前去。有光夫妇回头看到，高氏哎呀了一声，首先站了起来，望了他道："我的孩子。"有光也缓缓走近前来，看了他道："脸晒黑了，可是人健康得很多了。"说时，手里拿了烟斗敲灰，勉强一笑。国雄斜伸了一只腿，站在二老面前，正了脸色道："我们的军队，今天下午开拔了，要上前线去。"有光点了点头道："那……很好！为国努力吧。你兄弟昨天留下一封信，不辞而别的，也投军去了。"国雄道："怎么？他也走了。"高氏走上前，和他牵了一牵军衣，口里答道："可不是？孩子！"国雄看了二老这种样子，深怕更会说出许多伤感的话来，便笑道："我兄弟自小就是个有志气的人，他一定可以烈烈轰轰做一场的。"有光点头道："你们倒是难兄难弟了，你看他这信。"于是就到写字桌子上，拿了一封信交给国雄。他看那信封面上写着留呈双亲大人。抽出信纸来，看那上面写道：

　　双亲大人垂鉴：当大人读儿此信时，儿已在学生军司令部矣。儿不孝，不能遵二老之命，在家奉养，自知无以对抚育之恩。然儿习体育者也，体育之于吾人，乃在锻炼身体，为国家社会做一有用之才，决不在乎谋一己之健康，作延长生命计，更非踢球赛跑，夺彼徒饰虚荣之锦标而已。今国家多事，民族沦亡之惨，迫在目前，若儿学体育之人，反蛰伏家中，偷安旦夕，则吾人最初习体育之意义何在？父为有名之哲学家，全国所景仰，毕生衣食，自可无虑，即无儿等奉养，将不至陷于冻馁。母亲居心仁慈，且复精神康健，虽入老境，苍天必加以福佑。儿再四思维，居家不过趋事晨昏，为力甚小，投军则多杀一敌，即为国多除一害，较为有价值之举动。总之，家庭不必有此一儿，国家则不可无此一兵。其毋谓一人去留，无关大计，设全国青年皆作此想，则义勇军学生军无法召集矣。儿筹之既熟，深恐与二老面商，必多劝阻。因之留书与王福，嘱儿出门后四小时，再行呈上，以免行至中途，再生波折。二老均非平常之人，儿之此举，必可原谅。儿非万不得已，亦不遽作牺牲，必保留此身，从容杀敌。忍泪留呈，难尽所怀。以后在营操练，或出发前线，自必随时作函禀报，可勿挂念也！

儿国威敬禀

国雄将这封信看完点了点头道："我兄弟是条汉子。很对得住我们姓华的这个华字。"有光将信接过去，从容放到抽屉里去，口里却道："他说的理由是很充足的。只是……"高氏道："你兄弟俩有一个在家里呢，我也没有什么可说的了。偏是你两人都投军了。"说着，二老都默然地在椅子上坐下，望了儿子只管发呆。国雄一看二老态度不妙，立刻牵了牵军服，将胸脯一挺，做一个立正势，笑道："妈！您看您儿子不是一个大国民吗？有这样一个儿子，您不足以自豪吗？"高氏两眼内含着两包眼泪，向他点了头抖颤着声音道："我……我很自豪的……孩子。"国雄道："父亲，我们下午就要开拔，假期只有两小时了。我还想去和剑花告一告辞，现在我要走了。"有光道："好！你也应该去和她告一告辞。"国雄道："您有什么事吩咐我吗？"有光道："你很好，我很放心。没有什么可告诉你的了。是你兄弟信上所说的话，国家需要你们去当兵，比我需要你们做儿子，还要紧得多，好吧，你去为国努力吧。"高氏点了点头道："对了，你们努力吧。家里是没有什么事的。"国雄挺了腰，举手行了个军礼，又做了个向后转势，放开大步，就下楼出门而去。出了大门，赶快地骑上脚踏车，一溜烟似的就走了。二老也来不及下楼来送，就站在楼窗户边，顺着大道望去。国雄在脚踏车上坐着，是头也不肯回的。二老在楼上，直望着这辆车和人成了个小黑点，以至于不见。

这里国雄一路赶来，心里可就想着，剑花每天是要出去看戏的，这个时候去，不要又是扑了个空吧？可是天下的事，很有出于意料以外的。这天下午，剑花正是没有出门。所以没有出门的缘故，正因为她要去看的余鹤鸣，正来看她来了。她和

第五回　留别书弃家卫社稷　还约指忍泪绝情人

他坐在内客厅里，谈笑着喝咖啡，吃糖果。余鹤鸣笑道："你唱得很好，今天没事，再唱一段我听听，行不行？"剑花头靠了椅子背，眼睛向上注视着微笑道："我唱就唱，没有配角，又没有胡琴鼓板，唱不出个劲儿来。"余鹤鸣道："胡琴是不得便，我和你当个配角吧。"剑花道："当配角，你要我唱什么呢？"余鹤鸣道："唱一出《乌龙院》吧。我和你配张文远。"剑花笑道："你配这出戏，打算讨我的便宜吗？"余鹤鸣笑道："这就太难了，慢说口里清唱，就是在台上真唱，又有什么关系。"剑花道："这是你们在台上唱戏唱惯了的人，那不算一回事，我们……"余鹤鸣站起来，走到她面前向她拱了一拱手道："面子面子！这里又没有外人，就算口头上占一点便宜，又算什么哩？"剑花把那架起的腿，只管摇撼着，就抬了头出神。余鹤鸣也不管她同意不同意，就站在她面前唱道："思情人，想情人，思想情人常挂在心。一步儿，来至在乌龙院，叫声大姐快开门。"剑花背着脸就接着向下唱道："忽听得门外叫一声，莫不是三郎到来临？用手儿开开门两扇……"唱时，就向余鹤鸣瞟了一眼，余鹤鸣向她作了一个揖道："有劳大姐来开门。"剑花将沙发椅上的靠垫，拿一个放在中间，又用手轻轻地拍着道："端把椅子三郎坐。"余鹤鸣就坐下来，笑着唱道："多谢大姐好恩情。"剑花唱道："问三郎，为何不来乌龙院？"余鹤鸣道："只因惧怕一个人……"唱时，他用手向外一指。这一指之间，恰是电铃响：国雄来了。他在门外，仿佛就听到屋子里有一种歌唱之声。早在外面站着，不肯进去。最后忍耐不住了，就一按门铃，然后到外客厅站着，叫听差到里面去，把剑花请了出来。剑花正在内客厅里唱得高兴，听差说有客在外面等着。剑花一时没有想到是国雄来了，便道："是什么客？你也不要他一张名片，就把他让进来了吗？"听差道："不是别人，是华先生。"余鹤鸣早是注意国雄的了，也就插嘴笑道："是啊！不是别人，这还用得着那通报的一道手续吗？"剑花望了他一眼，微微笑着，并不说什么。就对听差道："你给他倒茶，我就来。"听差去了，剑花对余鹤鸣道："请你在这里宽坐二十分钟，我和他说几句话，打发他走了，再来奉陪。"余鹤鸣笑道："你请便吧，不能为了我这一个不要紧的客，连其余的客，都不要你去奉陪。"剑花也不愿和他多说，伸手拍了一拍余鹤鸣的肩膀，笑道："我真是有点对不住。"说着，走到前面客厅里来，见国雄并没有坐下，两手抱在胸前，只管在屋子里走来走去。那皮鞋走在地板上，只管咚咚作响。剑花一推门进来，他先笑着点头道："我来打搅你了。"剑花笑道："好多天没有见，怎么见了面就说俏皮话？"国雄道："不是我说俏皮话，我在门外，就听到你唱得很高兴。我一进来，可把你的唱打断，岂不是打搅你了吗？"剑花点头笑道："请坐吧。今天怎么有工夫出来呢？"国雄道："我不坐了，说两句话我就走。我今天下午开拔了，我特意来和你告辞。"剑花点头道："我祝你胜利回来。"国雄板住了冷笑一声道："胜利回来吗？我不愿回来了，因为我不能做宋公明，你去陪你的张文远吧。"说时，就在手上把订婚的戒指脱了下来，交给她道："这个东西，我也不配戴着，你收了回去吧。"剑花不料他做事如此的率直，手里托着那戒指，只管发愣，半响，才微微一笑道："那也好！"国雄笑道："怎么不好？"说毕，抽身就向外走。剑花道："喂！你别忙走，我和你说几句话，行是不行？"国雄已是走到门口了，听了这话，复又转身回来，望了她

第五回　留别书弃家卫社稷　还约指忍泪绝情人 | 49

道："还有什么可说的呢？我觉得我这种办法，真是很圆满的办法了。"剑花望了那戒指，静默了两三分钟之久，才道："这种大事情，难道你考量都不考量一下吗？"国雄道："我现在是个军人了，所要的是民族的光荣，生命可成了水面上的浮泡，说破就破。生命都不能保，爱情与婚姻，那更是太没有关系的事。我此去十有八九不能回来，与其让你做一个未过门的寡妇，不如我们先断绝了关系，让你做个闺房小姐。"剑花眼睛里面，水盈盈的，不免含着两包眼泪，许久不能做声。国雄道："你不必伤心。你心里难过，不过是这五分钟的事情。把这五分钟过了，你身体上更得着一重自由，精神上更得着一重安慰，以后你就会想到我这举动，并不是一件鲁莽的事了。"剑花用手绢擦了一擦眼泪，微笑道："你的话很有理，我完全接受了。你这里还有我一个戒指，要不要拿回去？"国雄道："哦！我还忘了。当然我要拿回去。"剑花道："不必！我送到你府上去就是了。你带到营里去，不免受点刺激；打仗的时候，不要为这个，分了你的心。"国雄皱了眉道："既然如此，你又何必叫我回来，说上许多话。再见了。"说毕他掉转身躯，再也不回头，匆匆地就走出去了。剑花手指上戴了一个戒指，手心里又托了一个戒指，于是注目向手心里呆呆地望着，忽然握住了戒指，向外面追了出来，口里喊着道："国雄！国雄！"但是国雄出门之后，骑上脚踏车，早跑得无影无踪了。

　　剑花站在院子里，发了一阵子呆，然后跑回客厅去，伏在沙发椅上，呜呜咽咽地哭将起来。她的头还没有抬起来，忽然余鹤鸣在身旁道："怎么着，你舍不得吧？"说着，把两手将她的头扶了起来，只见她满脸都是泪痕，鼻子里还抽噎有声呢。剑花将手绢擦了一擦眼泪，站起来挺着胸道："我哭什么？我又舍不得什么？你看，你不是很注意我手上的这一只戒指吗？现在我可以老实告诉你，我和他脱离婚姻关系了。"余鹤鸣坐到沙发椅子上，握住了她的手，笑道："我在门后面，都听见了。他说我是张文远，可是我愿意做花园赠金的薛平贵呢。"剑花将手上戒指，也脱下了，把两只戒指托在手心里，颠了两颠，哈哈大笑起来。余鹤鸣道："你不哭，倒笑了，什么意思？"剑花听他问，笑得更厉害，身子向他怀里一倒，斜躺在沙发椅上。余鹤鸣道："怎么我越问，你越笑。"剑花道："我现在算是看透了他是个忍心的人了，到底我虽受了他的骗，还没有上他的当，伤心固然是伤心，高兴我也是高兴，这个双料大傻瓜，他以为把戒指交还我，就可以气我，其实我才犯不上呢。哈哈哈哈！"她口里如此谈着，眼睛可就注视着余鹤鸣口袋外垂出来的钥匙链子。余鹤鸣在软玉温香抱满怀的时候，眼醉了，心也醉了，又哪知道爱情以外有什么问题呢？

第六回

啼笑苦高堂人去后
昏沉醉客舍夜阑时

第六回　啼笑苦高堂人去后　昏沉醉客舍夜阑时

屋子里面沉寂了几分钟，在沉寂的时候，余鹤鸣觉得有一种轻微的脂粉香气，袭人鼻端，不由得心中微微荡漾起来。剑花将脸贴到他胸前，对那钥匙上表链，又仔细看了看。余鹤鸣用一只手搭在她的肩膀上，头向下一低。剑花以为他知觉了什么，心中倒是一惊，索性将头向他怀里挤了一挤。余鹤鸣拿起她一只手，放到鼻子上闻了一闻，笑问道："舒小姐，我有一件事，想要求你，不知道你能不能答应？"剑花望了他笑道："你说吧。只要不让我为难的事情，我一定可以答应。你是绝顶聪明的人，当然也不会让我为难。"余鹤鸣用手轻轻在她肩上拍了几下笑道："你真聪明，先不用我说什么，把话就封上门了。其实我也没有什么奢望，不过我想在今晚散戏之后，和你畅谈一番。"剑花笑道："呵哟！散戏之后，还要畅谈，那会迟到什么时候去，我家慈恐怕有些不愿意。"余鹤鸣道："也不怎么晚，若是跳舞去，不到天亮不能回来，又当怎办呢？"剑花笑道："俗言道得好，眼不见为净，真是老太太不看见，回来说两句好话，也就遮盖过去了。我们在家里尽管坐着谈话，老太太岂能一点不管？"余鹤鸣笑道："要眼不见为净，那很容易，散戏之后，我在敝寓，恭候台光。"剑花皱着眉想了一想道："不大方便吧。"余鹤鸣道："有什么不方便？我那地方，说热闹就热闹，说冷静就冷静，我若不让人闯进屋子来，谁也不敢来。"剑花摇摇头道："我倒是不怕人。"余鹤鸣道："却又来，既是不怕人，有什么去不得的。"剑花微笑道："但是我怕你。"余鹤鸣道："你怕我做什么？我又不是豺狼虎豹会吃人。"剑花道："你不会吃人。"说着这话，眼睛瞅着他，只管向他微微地笑着。余鹤鸣笑道："你不要疑心了，来吧，我今天晚上等你，你若是不来，我就会急死的。"剑花笑道："何至于此呢？"余鹤鸣道："当然是这样的，不过你不明白男子所处的环境。"剑花坐了起来，望着他的脸道："这话我更不懂了，这与环境两个字，又有什么关系？"余鹤鸣脸上红着笑道："我瞎说了。不过我想你前去，却是事实，你要不去，恐怕我明天登不了台。"剑花道："那为什么？"余鹤鸣道："今天晚上，我要是一宿睡不着觉，明天有个不害病的吗？若是害了病，有个不请假的吗？"剑花点了点头道："到于今，我总算相信唱戏的人格外地会说话。"余鹤鸣笑道："无论怎样地会说话，到了你面前，话也没有了。哈哈！"说笑着，又伸了手，不住地拍她的肩膀。剑花心里高兴极了，表面上半推半就的，只是傻笑。余鹤鸣道："你再就不用推辞了，我回去吩咐厨子好好预备一点吃的迎接嘉宾。"说时，站了起来，依然不住地拍着剑花的肩膀。剑花只好点点头，低声答道："你一定要我去，我也不便一定拒绝。倒是你不必和我预备什么东西，我坐一会儿就走。"余鹤鸣伸手和她握了一握，笑道：

第六回　啼笑苦高堂人去后　昏沉醉客舍夜阑时

"那就是晚上见吧。"笑嘻嘻地去了。剑花也是笑嘻嘻地送他出了屋子门，站在廊檐台阶上，向他的后影放着笑脸，预备他不时回过头来，却可以看到本人的笑容。直等余鹤鸣走出大门，上了汽车，隔着玻璃窗还点了个头，然后才回转身来。但是她掉转身来之后，那笑容怎样也维持不住，三脚两步跑回屋子去，伏在沙发椅子靠背上，呜呜地就哭了起来。她自己哭着，并不觉得怎样，把旁边一个倒茶的女仆，倒十分惊异起来。刚才小姐和余老板坐在一处说话，是那样欢天喜地的，余老板一走，就如此大哭，难道是舍不得人家走吗？这就想劝两句，也不知道如何去劝好，只是问道："小姐，你这是怎么样了，你这是怎么样了？"剑花这种委屈的心事，怎能对一个无知识的女仆去说，只是摇摇头，依然继续地向下哭，女仆莫名其妙，便跑上楼去告诉舒老太太。老太太听说，心里大吃一惊，心想，莫非我们小姐计划的事，已经失败了。匆匆地走下楼来，见剑花已是坐在那里，用手绢不住地擦着眼泪。舒太太站在她面前，望了她的脸道："你又是什么事，只管闹脾气？"剑花叹了一口气道："我这牺牲大了。你瞧，国雄这书呆子，和我认起真来，拿戒指还了我了。这样下去……"她说着话，见女仆站在身边，就对老太太丢了一个眼色，再道："他是不会和我再好的。我并不是舍不得他，我觉得他这个人做事太绝情，不由我不伤心。其实一个大姑娘别的什么事可以为难，找丈夫有什么为难，我这时候说一个嫁字，恐怕有几十人抢着要娶我呢。我不嫁别人，我偏要嫁余鹤鸣，活活把他气死，看他什么法子对付我。"说着，将牙齿咬了下嘴唇皮，又顿了两顿脚。老太太向女仆道："你去拧把手巾来给小姐擦脸。"女仆答应走开了，老太太就低声问道："你突然哭起来，为了什么事，倒吓了我一跳。"剑花用手绢擦了擦眼睛，倒笑起来，便道："这也可以算是我的孩子脾气，于今想起来，倒几乎误事。余鹤鸣约了我今天晚上，在散戏以后，到他寓所里去。说不定这东西，又存了什么坏心眼。"老太太听了这话，不由得脸上颜色一变，望了她道："姑娘……"只说到这里，女仆已经拧着手巾来了。剑花将两手向老太太做个推送之势，口里连连地道："请你老人家上楼去吧！"老太太望着她退了两步，脸上依然有些犹豫之色。剑花眼珠一转，就搀着老太太走上楼去。到了屋子里，剑花将门关上，让老太太坐下，正了脸色向她道："妈！你不是下过决心，为国家牺牲你这个姑娘吗？现在你就只当我是死了，不管我到什么地方去，你都不用过问。"老太太沉默了很久很久，才点着头道："事情已做到了这种地步，我还拦阻得了你吗？不过我听你在今晚深夜要到余鹤鸣家里去，你究竟是个姑娘……"剑花突然将胸脯一挺道："姑娘？姑娘怎么样？姑娘就不能冒险吗？这是我自己不该哭，做出了这小家子的样子，所以引得老太太看不起我。"说着将房门打了开来，喊道："王妈，给我烧火剪，预备烫头发，晚饭给我预备一杯葡萄酒。"她很亮的声音，说着笑着，就这样走了。老太太虽是有些提心吊胆，想到今晚是最紧要的关头，眼看自己姑娘要建立一场大功业，岂可把她的雄心打断了。这也只好听了女儿的那句话，只当她死了，也就无甚可念了。

吃晚饭的时候，剑花已是把一头长发烫得堆云也似的。脸上搽抹了脂粉，画了眉毛，在满面泪痕之后，算是又成了一个笑容可掬的欢喜姑娘。吃过晚饭之后，她并不觉得今晚上要去办什么重要的事情，挑了一件最艳丽的衣服穿上，手指上又添了一个钻石戒指,笑嘻嘻地坐了汽车上戏园子去。唱戏的时候,余鹤鸣在台上,不住地向剑花包厢里飞眼,剑花总是微微带着笑容,有时好像还点着头,那意思就是说我知道了。戏唱完了,剑花刚站起身来,那个女茶房,早就站在身边,向她低声微笑道:"舒小姐,余老板说……"剑花笑道:"我已经知道了。你到后台去告诉余老板,我不会失信的。"女茶房听说,掉转身就跑过去了。剑花知道她是到后台报信去,这也不必去理会,自己慢慢地走出戏园子,在咖啡店里喝了一杯水,好等余鹤鸣先回家,然后才坐了汽车到他们住的寓所来。这里的门房,已经得了余鹤鸣的指示,只要有女客来,就请到他的房间里去,所以剑花下车之后,他并不怎样仔细盘问,要了一张名片看看,就引着到余鹤鸣房间里来。这里是一间加大的卧室,在屋中落地花罩之间,垂着一挂绿色的呢幔,在幔里是床铺箱柜,在幔外是桌椅陈设。房间是用花纸裱糊的,并没有什么痕迹,地板上却铺了很厚的地毯,脚踏在上面,软绵绵的。地毯上放了一套小沙发,在椅子腿边,地毯皱了起来,而且微卷了一只角。

剑花一推旁门,眼光是闪电也似的,早是四方上下,看了一个遍,其次才看到余鹤鸣身上去。他已经改穿了中国白绸长衫,漆黑的头发,搽满了雪花膏的脸子,身上又洒了许多的香水,在电灯光下看来,自然也是个翩翩少年。他是含笑抢步向前向她一鞠躬道:"真是不敢当,这样夜深,劳你的大驾。请坐请坐!"说着,扶了她在沙发椅子上坐下。她身子坐下,眼光可是四处相射,便笑道:"你这房间,布置得很是雅致,进出就是这一道房门吗?"余鹤鸣笑道:"你放心,这里无论是几道门,假使我不让人进来的话,也没有什么人敢进来。"剑花笑着点点头道："那自然，你是这班子里一位领袖人物，又是大大的红人，哪个敢违抗你的命令。"说着，她禁不住又站起身来，在屋子里走着，做个赏鉴的样子，壁上的图画，走近去对着看，桌上陈设的小玩意儿，拿到手中去颠颠，而且故意地对着他的床多注视了两回。余鹤鸣笑道："你把我这房间，仔细地看了又看，你觉得还可以安身吗？"剑花点点头道："客边有这样的地方住，那就很好了。"余鹤鸣走近一步，握了她的手，依然同在一张沙发椅上坐下来。剑花望了他道："你叫了我来，就为了坐着闲谈谈吗？"余鹤鸣用手在她手背上轻轻拍了两下笑道："别忙别忙！我预备了许多东西给你吃呢。"说时，房门咚咚地响了几下，余鹤鸣问道："是老刘吗？进来吧。"门一推，一个系了白围襟的厨子，用托盘托了许多碗碟，还有两个大酒瓶子放在上面。余鹤鸣笑向托盘一指道："要你来，就是为的这个事。"老刘将托盘放在桌上，一样一样地捡了出来，剑花看时，一碟龙须菜和冷火腿，一碟蛋丁杂拌，一碟什锦冷冻子，一碟糟鸡，全是清凉可口的东西。另外两大盘子水果，两只高脚玻璃杯。剑花笑道："这菜很好，只是这个大玻璃杯子，喝什么酒，我都受不了。"余鹤鸣笑道："就凭你说这菜很好四个字，也该对喝一杯。"他道着，拨开了瓶塞，就咕嘟咕嘟倒下两大杯酒。剑花端了杯子起来，举在鼻子尖上一嗅，将头一偏，笑道："好厉害，这是白兰地，我可不能喝。"余鹤鸣道："这样夜深，就算是喝醉了，也无非是睡觉去，要什么紧。"剑花道："不是那样说。一个人神志清明，喝得糊里糊涂，不知天地高低，身体受了伤，几多天也不能恢复原状，那有什么意思。"余鹤鸣笑道："要那样就好，你不知道一醉解千愁吗？"剑花道："你天天过这样快活的日子,还有什么愁?"余鹤鸣笑道:"小姐们不会知道这些事的,你也不必问,我们喝酒吧。"说着,举起杯子来,向她笑着,等她对喝。剑花皱了眉笑道:"真对不住,我是点酒不尝的人,你要我喝酒,那就是要我现丑。你真是放我不过,你就替我要瓶汽水来,我兑上一些酒喝就是了。"余鹤鸣摇摇头笑道:"这倒真是对不住,我没有预备汽水。"剑花道:"我记得我告诉过你,说我是点酒不尝的,所以你今天晚上故意弄了许多酒来和我为难。我又一个对不住,我要先告辞了。"说着,她就站起身来。余鹤鸣放下酒杯,跳到房门口,两手横伸着,拦住了她的去路,笑道:"你真是不能喝,我就不敢勉强,请你随便喝一点就是了。"剑花微侧了身子站着,撅了嘴道:"我实在不能喝,喝醉了我怎么回家?"余鹤鸣道:"若是说为了这个问题,那很好办,让我开车子亲自送你回去就是了。若是醉得连汽车都不能上,那也有办法,我们就对坐着,清谈一夜到大天亮。到了明日天亮,趁着好新鲜空气,我步行送你回去。清晨的凉风吹到脸上,路上的树叶子,洒着隔宿的露水珠子,嗅到鼻子里去,有一股子清香。"剑花笑道:"你不用说了,反正是你怎样说怎样有理由,总要我陪着你喝酒,是不是?好!我拼了醉吧。"说着,端起了杯子来,就抿了一口酒。余鹤鸣笑道:"对了,今朝有酒今朝醉,乐得快活一晚上。"于是扶着她在对面椅子上坐下,两人举杯对饮。这酒虽是有些辣口,可是吃点凉菜,心里很痛快,二人带谈着话,不知不觉的,剑花喝了大半杯酒下去。她那苹果色的两腮,通通红的,更是像熟了的果子,放下了酒杯,用两手按住了胸口道:"这是怎么一回事,我心里跳得厉害。"余鹤鸣在水果盘子里取了一个梨,亲身到挂在衣架上的西装袋里,拿了一把小刀子来，侧着身子削梨皮。将一个梨削完了之后，回转头来看时，只见她伏在沙发椅子靠上，两手正枕了额头。余鹤鸣将手托了她的头道："你醉了吗？"剑花被他将头托了起来，眼皮还是垂着的，勉强半开着眼，微张了嘴，并不言语。余鹤鸣笑道："你真不济事，喝这一点酒，就醉成这个样子。我这里给你削了个梨，你吃一点下去，好不好？"剑花摇摇头又伏在手臂上了。余鹤鸣将梨放在桌上，笑道："我不料这位小姐是这样贵重。既是醉了，坐在椅子上，也不是办法，我来扶你上床去睡吧。"说着就用两手伸到剑花的肋下，要扶她上床去。剑花到了此时，总算上了他的钓钩，要如何摆脱，就看她的本领了。

第七回

魔窟归来女郎献捷
荒园逼去猾寇潜踪

第七回　魔窟归来女郎献捷　荒园逼去猎寇潜踪

热血之花

这时，剑花闭了眼睛，定了神，静待变化之来。余鹤鸣是让美色陶醉了，两手抄上了剑花的腰间，正待把她抱起来。屋子里的电话分机铃，丁丁地响起来了。他只得丢下人不管，去接电话。问道："哦！我知道了。我知道了。大家稍等一等，最迟在三十分钟内，我一定到了。"说毕，挂上电话机，随手在衣架上取了件长衫向身上披着，望了沉睡的剑花，很凝神地注视着，突然在书橱子里取出一把钥匙，赶快就把房门向外带着，剑花睡在睡榻上，听得清清楚楚，那门中暗锁，咔嚓一下响，这是余鹤鸣在外面锁上房门了。她也并不理会，依然静静地躺着。约过了三分钟，她悄悄地坐起来，缓步走到门边，用耳朵贴着门，向外听了听，并不见得有点儿声息。她突然改变了态度，用手在壁上先摸摸，又按按。随着在书橱子里，桌子抽屉里，如疯狂一般，都翻看过了。抽屉的中间，有一支手枪，先取到手里，扳开枪膛子，见里面正上满了子弹，于是将枪插在衣袋里，继续着掀开床上的被褥和地板上的地毯。在沙发椅子边，地毯发皱的所在，那地板正有四周裂缝，仿佛一种木盖，嵌在地板当中。用脚使劲将地板跺上几跺，果然那地板陷了下去，露出个大洞。

伸手到洞里摸索着，摸出一只小箱子来。那小箱子自然是关着锁着的，她在桌上拿了一方尺大的砚台，在箱盖上拼命砸了几十下，将箱盖打破一个大口子，里面便是些表册文件，用手掏出来看了两件，都是十分紧要的。也来不及细细看了，将文件依然放到破箱子里去，伸头到玻璃窗边，向外张望着，是否可以出去。她正如此打算，却听到房门外有了脚步声，似乎是有人要进来。她这一吓，非同小可。赶忙着，一手拿了手枪，一手夹着那小箱子，便静静闪在那门角边等候。果然门锁咔嚓有声，门向里开。剑花心想余鹤鸣这人很有点力气，若等他到了屋子里，和他挣扎，那就晚了。身子闪在一旁，向房门看得清楚。等着一个人身子向里挤进来，对着他背心，就是一枪。扑通一声，那人擦门倒在地板上。剑花低头看时，并不是余鹤鸣，乃是余鹤鸣的朋友归有年。这虽便宜了余鹤鸣，自己将文件拿到手，功成了一大半，也不暇计较人的问题，夹了箱子就向外面走去。他们这里同居的戏子，在这样夜深，多半睡了。那没有睡的，也并不在家，已去做他们的秘密工作。所以剑花由里向外跑，并不曾有人拦阻。到了大门口，自开了门闩，奔上了大街。

到大街上迎面碰到一位站岗的巡警，便对他道："我是密探，破了一件案子，你赶快保护我到警察署里去。"巡警听说她是要到警察署里去的，点头道："我知道了。"马上就吹了警笛，在人家屋檐下和巷子角落里，立刻有七八名巡警走了来。那戏剧园里的，有发觉剑花杀人夺门而出的，但是追上街来，就看到巡警拥护着她，哪里敢追上前来。剑花捧了那个箱子，就很从容地和一群巡警到警署里去了。她到了警察署里，自是十二分的安全，大大方方地和侦探总部通了一个电话，那边就派了一辆汽车全部接下去。到了总部之后，剑花将文件箱子交给司令。他随便取出了一项文件看时，便笑道："有了充分的证据了，今天晚上，我们要得个人赃并获的大成绩了。姑娘，这是你第一件大功劳。"说着，将两手搓了几搓，向着剑花微笑。剑花道："只是有一件事可惜，那个姓余的，让他跑了。"张司令用手摸了摸他的兜腮须子，摇摇头笑道："他跑不了的。我接着你由戏园子打来的电话，我知道你今天晚上有七分成功的把握，立刻派了十个探员，到戏馆内外去帮助你。你到了他们寓所里，我又和警署里通了电话，在那前后埋伏五十名警士，帮助十个探员办事。我这里不断地接着电话报告，知道余鹤鸣忽然走出来，鬼鬼祟祟，不坐汽车，只坐了一辆人力车。我们的探员，看了他这种样子，当然是可疑，立刻就有四个人紧紧地跟了下去。刚才又接了电话，他是到东岳庙后荒园子里去了。无意中，又得着他们一个秘密之窟，我又调了一百名武装警察前去包围，这一下子，料他不能飞上天去。痛快痛快！"说着连连拍手。剑花道："我也料着司令一定在暗中保护我的，所以我心里很是坦然。我抢出了他们的大门，我就立刻跑到一位巡警身边去，知道是可以安全回来的。"张司令笑道："且不要太高兴了。他们既然是在今晚这样深夜会议，一定有什么紧急举动，我们在这些文件中，找找看，也许可以找出什么形迹来。"如此说着，就把文卷拿出，一样一样地清理。

剑花坐在旁边一张椅子上，静静地旁观，并不敢做声。张司令在桌子上缓缓地展阅文件，忽然一手按着一张电稿，一手将桌子大拍一声道:"了不得,这件事要让他们办成功了,那就大事完了。"剑花站起身来问道:"什么事?司令这样惊慌。"张司令道:"他们有个记事,是关乎军事的,我念给你听。我军若于二十八日通过夹石口,则下月三号,可以直逼省垣,我等工作,自须加紧。你看,这岂不是他们有军队由夹石口偷袭省城?"剑花且不理会军事情形如何,突然站起来道:"什么?夹石口?"张司令道:"可不是?那正是沿海攻取省城一条捷径。因为山路难走,我们料着他不敢由这里冒险进攻,不料他居然由这里来了。可惜这些密电稿子,不曾翻译出来,不然,我们一定可以得着不少的证据。"他口里说着话,手上还只管在清理文件,忽然将三个指头,连连拍了桌子道:"有了,有了,这可以证明上面那段记事是不错的了。这里有个电报,是翻译出来的了。这文字是,夹石货物,必可成,俭有佳音至。刘大往。这不是明明说着二十八日可以到夹石口吗?刘大,是他们旅长田锦川的暗号,我们早已知道了的,这分明是说他们有一旅人夺我们的夹石口。这决计不是小事,我们应当把这件事情呈报省主席。今天二十五……"张司令很得意地说这一件事,以为他侦察出敌军一件秘密事情来了。眼睛先看着文件说话,及至一抬头,见剑花斜靠了椅子背坐着,脸上青一阵白一阵,便注视着道:"舒女士,你怎么脸上这样的不好看,身上有什么不舒服的地方吗?"剑花挺了挺胸脯,微笑道:"不相干,我心里有点新的感触。"张司令道:"你有什么为难之处吗?论功本来就应当奖赏你,论私,我也可以帮你的忙。"剑花道:"司令不能帮我的忙,也没有法子帮忙。"张司令道:"哦!哦!涉及了爱情问题吗?"说着他就哈哈地笑了。剑花道:"不是,那夹石口防守的军队很

第七回　魔窟归来女郎献捷　荒园逼去猎寇潜踪

少,敌人来了,怎样抵抗得住?"张司令一伸大拇指道:"你是为了这个发愁吗?你念念不忘国家,好的。但是这个秘密被我们发现了,我们立刻可以调军队加到夹石口去,现在不算晚。"剑花皱了眉道:"他们这电报,是说二十八到,也许提前了日期,二十六七到,那些学生义勇军,恐怕是不济事。怎好?唉!怎好?"张司令见她两手如搓面粉一般,只管互相搓挪,分明是很急。因道:"你对这事很清楚,而且也很挂心,那一支军队里面有你的熟人吗?"剑花无声吁了口气,又点点头。张司令笑道:"那么,在那军营里的人,和你是什么关系?"剑花笑道:"自然是有关系。"张司令笑道:"大概是表兄。"剑花道:"司令怎么猜是表兄呢?"张司令笑道:"我觉得这样猜是最妥当了。说是亲戚也好,说是朋友也好,总可以附会得上的。但是,你也不必发愁。你要知道上了前敌,就没有什么地方,可以不生危险。就以你现在担任的工作而论,什么时候,都有遭人暗算的可能。论起你的困难,还要在当兵的以上。夹石口虽是守兵不多,我们可以调兵前去增援,我马上亲去见省主席,把这事报告给他听。"剑花道:"救兵如救火,那就求求司令,赶快去报告省主席吧。"张司令笑着点点头,将那些文件归并到一只大皮包里,戴了帽子,正待要走,这时却进来一个探员,向张司令举手行礼。张司令问道:"余鹤鸣捉到了吗?"探员道:"他的同党,捉到有十二个,但是并没有他在内,大概是逃走了。"张司令轻轻一拍桌子道:"若把这个人逃走了,将来也许我们还有上他大当的时候,这个人手段很毒辣,我是知道的。"探员道:"这样夜深,城门没有开,我们现在叫四城都严厉把守,料着他跑不了。"张司令道:"不是叫你们紧紧地跟着他的吗?怎么会把他放走了的呢？"探员道："当他由寓所里走出来的时候，我们就有四个人跟着他到了东岳庙后荒园子里去。那里一片深草，还有许多小树，人在深草和小树里钻着，路也没有，只是瞎碰，在一堆乱太湖石后面，有几间矮瓦屋。那屋子里微微地闪出一线灯光来，似乎这班党徒，就藏在那里面。我们几个人，慢慢地走到石头边，藏在深草里，向那屋子附近，慢慢地走过去。那个地方，很是冷静的。我们蹲了许久，就听到那屋子里，发出一种喁喁说话的声音来。于是我们就派了一个人回来报告，我们依然在那里候着。后来我们这里去了一百名警察，响动未免重一点。他们这班人，也有眼线在外，这一来，那屋子里灯光，先就吹灭了。我们这里的警察，慢慢地逼上前去，看看要把那矮屋子包围上，他们倒是先下手为强，立刻对着我们警队，乱开着手枪，就冲了过来。我们这里，也是早有防备的，立刻就向他们回枪。大家在黑暗里开了一阵枪，都不敢上前。他们所带的子弹，究竟是有限，打过了两小时，他们的子弹都放光了，我们怕时候持久了有变，只得冒着险，一步一步地向前进逼。因为四围都是我们的人，他逃脱不掉，就一齐退到屋子里去。我们就喊着说，你们心里要放明白些，你们的后援断了，我们打着打着，还只管有人来，若是你们现在不出来，我们就抬了机关枪对着破屋子乱轰，你们就一个人也跑不了。你们现在想想，还是愿意立刻死，还是愿意另求一条生路呢？我们就是这样喊着，后来他们料着是跑不了，就大声答应着，他们可以投降，请我们不要开枪。我们口里答应着，端了枪就冲到屋子边去。先让他们在屋子里亮了灯，然后大家一路冲进去。到了屋子里看时，连受伤的还有十二个人，屋子外面草地里，打死了四个。可是我们检点全数，就是短了他们的首领余鹤鸣。我们追问他余鹤鸣在哪里,他说刚才确是在这里开会。可是这屋子里有个地洞,可以通到这屋子外面去,可以由枯树根下钻了出去。他们本也要由地洞里钻出去,但是等他们要走的时候,枯树根下,也让我们包围了,他们已经来不及。我们听了这话,立刻由屋子里下洞去搜查,果然是个可以行人的地道,钻出地洞来,有一棵大枯树。枯树枝子,正搭在墙头上,若由枯树枝爬到墙头上去,正好逃走,大概余鹤鸣就是由这里逃走的了。我们大家都不肯放手,又在东岳庙后,四围追寻了一阵子,但是他究竟没有露一点影子,我们没有法子去追他。"张司令用手摸了下巴上的长胡子梢,点点头道:"我说了不是?这个家伙,厉害得很,在这样紧紧包围的当中,他都逃走了,平常他有多么狡猾,就可想而知了。虽然,他究竟这回败在我们女将军手上了。"说时,眼睛向着剑花微笑。剑花站起来道:"虽然我这回侥幸成功,那还是靠了张司令的指挥。不是司令指挥,我的力量有限,怎样可以笼络住他?"张司令笑道:"我好比是个导演的,你好比是个演员,假使没有好演员,我就卖尽气力,也演不出好戏来的。哎呀,我要走了,不说闲话了,舒女士心里头,大概也巴不得我一步就走到省主席面前去哩。"剑花自从在这里服务以来,向来都看到张司令是一副俨然可畏的样子,今天这样有说有笑,实在是难得,这一定是自己的功劳太大,乐得他情不自禁,这样假以辞色的了。如此想着,脸上自然有些得色,不觉笑吟吟地对他道:"我总算没有负你的栽培吧?"张司令似乎也看出她那种得意的情形来了,便将颜色一正道:"话虽如此,你要知道我们做侦探工作的,是讲个胆大如虎,心小如鼠,成功是成功了,千万不可得意。你这回成了功,伤了敌人的心,他对你,对我们总部，说不定要取一种什么报复的手段。害怕还来不及，哪里可以喜欢起来呢？"他越说脸上越庄重，停了一停，又道："舒女士，你要知道失败是成功之母，成功也是失败之母啊！"这一番话，说得剑花毛骨悚然，站着连连点头说是。张司令看了她这样子，又怕她难为情，笑道："但是，你是一个很聪明的人，这话也不用我说，我不过让你再加小心就是了。你累了，可以休息一会儿再回家去。天大亮了，我也要赶快去见主席呢。"说毕，一笑而去。

第八回　兄弟相逢扬声把臂　手足并用决死登山

第八回　兄弟相逢扬声把臂　手足并用决死登山

热血之花

　　上回书交代到张司令向主席报告，海盗要偷袭夹石口。主席得了这个报告，当然有一番布置。这夹石口如此重要，究竟是什么情形呢？原来这地方，是在一道大山中，闪出一条人行路来。在人行路的左边，山向后闪着，有个大谷，靠了半边山，筑了个城堡，城堡后面，一道流泉，由山上潺潺而下。一条山沟，直通到堡里，正好供给守堡军队之用。当年堡垒筑在这边，当然就为的是这一脉流水，便于驻军。但是对面山那边，却是一个很陡的山峰，在那山上，正可以俯瞰这个城堡。所以守这个城堡的军队，必定要把守那个山峰。

　　当剑花发现了余鹤鸣的阴谋而后，华国雄那支义勇军，由火车运输，兼程前进，次日早上，就安抵了夹石口。他们这支军队的领袖，是赵英营长，曾由陆军大学毕业，是个有学识的军人。他到了夹石堡而后，并不曾休息，立刻就在堡上巡视一周，看看堡外的形势。他就对着同事熊营副说，这个地方太要紧了，冲出去二十里，便是铁道，设若敌人挺进到这里，铁路有中断之虞，总部把这里当个不要紧的地方，把一支新成立的义勇军开到这里来，这是一个很大的错误，我要赶快打电报去报告。我相信我们这支军队所负的责任不小。熊营副点头说："营长说得不错，不过我所感到的，这紧要的地方，又有个紧要之点。"说时，向对过山峰一指道："这个地方，我们要派人去保守着，以做犄角之势。"赵营长点头笑道："我把这句话放在肚子里，正想考考大家，谁能有那个眼力呢。你且不做声，华连长来了，看他知道不知道？"说着话时，华国雄也走到城堡上来。四周看看，不觉失声赞道："这是一个好地方，哎呀……但是对面这座山头，紧对了这个城堡，非常之危险。"赵营长大笑，将手拍了两拍他的肩膀道："你是个好样的，我们算没有错看了你了。我们在这里讨论着，正留着这个问题等你来答复呢，不料你来，就把这个哑谜揭破了。哈哈！你很不错。"国雄听营长这样夸奖他，自是高兴，便道："既然我们都知道这地方很重要的，我们就该赶快去把守。"赵营长望了他一会，正待有一句话要说，熊营副用手向来的大路上一指道："看，这里来了一批人。"赵营长将挂在身上的望远镜取了下来，两手捧了向四处张望着，笑道："我正嫌人不够，可巧那批学生军赶到了，这多少可帮我们一点忙。"吩咐把堡门大开，让他们开到操场上散队。

　　熊营副下堡去了，赵营长和国雄，依然在城上眺望。那支学生队，望了这堡上的国旗，临风飘荡，静穆中现出庄严来，大家也似乎感到别一种精神，走得更是起劲，不多大一会儿工夫，就到了堡门口，堡门大开，他们穿门而入，在堡中间一个操场上立定。赵营长正了正军衣，先迎下城去了。国雄不过是个连长，在军营里要守着军纪，当然不敢乱动，只在城上远远望着。看看

第八回　兄弟相逢扬声把臂　手足并用决死登山

那学生队，有一百多人，都是服装整齐，精神抖擞，二十上下年纪的学生，自然是大家的好助手。心里便如此想着，假使中国全境这二百多万兵，都是这个样子的人，何愁打不倒敌人。这一批青年兵，都是学生里面，自己跳起来，愿意执戈卫国的，当然都是些最好的人，自己也是个学生，应当先睹为快地前去看看。于是一步一步，缓缓地走到操场上来。这时，学生队队长正喊着散队，学生兵是一窝蜂似的，大家散了开来。

迎面一个学生兵，离着有十几丈路，突然呆着站住，手向上一扬，他口里有句话，还不曾说出来，国雄哎呀了一声，也扬着手喊道："那不是国威，那不是国威吗？"二人各说着话，各跑了向前，走到一处，彼此握手跳了起来。国雄笑道："真妙极了。我回家去辞行的时候，看到你那封信，知道你投军了，我高兴得了不得，可是我心里又有些难受，弟兄如此一别，也不知能会到面不能？不料你居然是开到夹石口的补充队的一分子，我高兴极了！"国威道："我本来想写信告诉你，但是我怕你得了这个消息，有些替家里双亲着急，所以我索性瞒着你。偏是在这里会着面，多么有趣。只是一层，我们学生军驻在一处，你们义勇军又驻在一处，恐怕不能时常会面呢！"国雄笑道："人心别不知足了。我们能够在前线会面，就是极难得的事了，还要怎么样呢？"国威道："对了，我们不要再嫌不满足了。哥哥，你看看这个地方怎样？我看是十分险要的口子了。听说由这里往前，都是山套山、山叠山的小路，一直通到海边上去。除了海盗不来，到了这里，我们有人由后面包抄起来，他们是退不回去的。我看他们不会那样傻，这里是不会来的。那么，我们驻扎在这里，一定是什么事也没有，只当是在山上避暑了些时候，岂不也是一乐？"国雄昂着头想了想，有一句话待要说，又忍回去了，只笑道："你完全是小孩子脾气。"到了这个时候，义勇军方面吹号站队，兄弟就散开了。那些学生兵，虽不如国威，在前线遇到了哥哥，有那样快活，但是他们都是生长在城市的，忽然看到这种山林奇险的景致，大家都高兴得了不得，纷纷上城游览。那赵营长初到此地，虽然知道这里有小山路，通着海边，然而并看不出马上有危险来，所以也并不在这顷刻的工夫，在堡中有什么布置。然而到了两个钟头以后，情形就不同了。他们这堡中原设有短波无线电台，这时收到了一通无线密码电报，译了出来，原文如下：

限即刻到，夹石口营长赵鉴：敌以一旅之众，将于俭日由山路袭夹石口。进袭定中县，此地为后方锁钥，万不可放弃。总座已飞调马旅星夜赴援。在收到此电四十八小时以内，须死守城堡，违即以抗令论，切切！参谋处感辰印。

这个电报，让赵营长由头至尾看了一遍，不由他不吃一大惊，他赶快伏到桌上，将军用地图展开了细细看着，回头看到一个随从兵，就向他道："传华连长进来。"一会工夫，华国雄走进营房来，老远地站定，向营长举手行了个礼。赵营长也站立起来，向他道："华连长，我知道你是个精明强干的人，你很能主持一点事情。现在我接到命令，敌人要由这里进袭定中县，总部命令我们死守四十八小时，四十八小时以内，援军准到。我们负着管领全省锁钥的责任，就是死，也死在这夹石堡里。不过要

第八回　兄弟相逢扬声把臂　手足并用决死登山

守这个堡，对面那个山头，非守住不可，我派你带一连人去守着。"华国雄举手行礼，说了一声"是"，然后退了出来。于是赵营长立刻下了警备命令，调一连人上城守望，其余的在操场上集合听候命令。华国雄所率的一连人，得着连长的口令，另站在操场的一角，靠近堡门的出路。

赵营长站在队伍前，向大家检视了一番，点点头。于是走到学生军的队伍前，站定了，注视着大家道："弟兄们，总部要我们死守这夹石口四十八小时，这是我们报效国家的时候到了。我们要知道责任更重大，我们所得的荣誉也更大，我们正好尽我们的力量，烈烈轰轰，大干一场。我们守着城堡，固然是件很重大的事情，这堡对面那个山头，又是守城堡的一件大功劳。现在由华连长带一连人上去驻防，照说力量是够了。不过我为慎重起见，还要调十名学生军，随着这一连人去守山顶，诸位有愿去的，走出队来。"他说毕，依然注视着队伍，看大家的行动。这学生队里的人，听了这个消息，果然就陆陆续续走出十二个人来，赵营长摇手道："多了多了。"说话时，注视着第一个走出来的人，笑道："你的相貌，很有些像华连长，你叫什么名字？"他答道："我叫华国威。"赵营长笑道："这样说，你们是兄弟二人了。难得难得！"他们兄弟对望着，都微微地笑了。赵营长当时吩咐着这十二个学生，跟在那一连人之后。国雄喊着口令，就率队走出城堡去。然而他们只走到半路上，已发现那山顶上，撑出半弯月亮旗，这正是海盗的旗帜，他大吃一惊，不料人家先下一着子，已经暗中抢上了山头，立刻大喊一声散开。

这一连人，步履哗啦一阵响，向着对山，成了散兵线。噗的一声，也不知是哪方面先开了火，于是这些兵士卧倒在地，向山上放枪，山上的海盗，人数也不见多，但是他们有三架机关枪，对着这山下的军队，不断地扫射，令人无前进的可能。同时这大路另一边的大批海盗，向城堡里开着山炮和小钢炮，掩护步队进攻。堡里的军队，一齐登城应战，立刻响声大作，烟雾弥漫。一营人当然也只够守堡的，决计不能出来增援抢山头的义勇军。国雄心里想着堡门已闭，决计是不容后退的，这山头无论如何难上，也要设法攻上去。不然，纵然退到堡里去了，他们在山头上向堡里作远距离的射击，也是难守。如此想着，横了心，大声喊道："弟兄们，趁他们山上人不多，抢上去，抢上去。"于是大家齐齐地叫了一声杀，跳跃着抢上了半截山坡。但是海盗的机关枪由高临下，对着上前的人，紧紧扫射，冲上的人，已伤亡了一大半。没有伤亡的，将身子藏在石头和树儿下，也是喘息不定。看到那山顶，还有二百多米，若在平地，一个冲锋就冲过去了。然而这是由山下仰攻山上，那机关枪对着进攻者全个身体，看得清清楚楚，若要上去，准要再死伤大半，若再死伤一半，力量薄弱，这座山头，就不好抢了。国雄如此想着，在半山坡上，随了大众卧倒，只是蛇行着慢慢地向上挨。然而山头上的机关枪，正对着正面山坡，只要有一点风吹草动，就扫射起来。在这种情形之下，中国军队，如何攻得上去？国雄卧倒了许久，回头看看攻击城堡的海盗，依然是很激烈，这个山头若不抢过来，这城堡一定是很危险的。于是在身上掏出日记簿子，撕了一页下来，放在上面写着道："在地图上，我知道这山后有一方陡壁，我决定由陡壁爬上去，抢他们的机关枪，弟兄有愿和我去的，一齐倒爬到山脚大松树下集合。连长华国雄。"写完了，又重新写一张，于是将一张交给左手的兵士，将一张交给右手的兵士，对他们说，

第八回　兄弟相逢扬声把臂　手足并用决死登山

看完了，再递给下手的人，一直递到最后一个。吩咐已毕，他自己首先倒退到大松树下去，不多大一会儿工夫，就有九个人来到，国威也在里面。

国雄看到，高兴得很，就伸着手，和这些人握手。最后和国威握手，摇撼着道："抢山头已经够危险，爬石壁上山头，这是危险中之更有一层危险了。兄弟！我们的性命，都交给国家了。只要我们十个人，有一部分抢到山头上，死不算什么。若是我死了，你留着，回家之后，你替我侍奉父母。"国威道："哥哥你怎么说这样短气的话，我们决不死，我们要挣着硬气打倒我们的仇人。虽然爬上石壁，是一件困难的事，但是我们精神贯注着，什么困难，都可以打通，我们干。"说着轻轻一喊，举起右手来。那八个兵士，也共同笑着，各举了右手。国雄点头道："好！我们干。"于是他率领九个人在深草和石缝里，爬到山后去。他们都把步枪背在身上，各人将挂在身上的手榴弹，预备妥当，齐站石壁下定了定神。那山头上的海盗，因正面进攻的军队，陆陆续续地，只管向上放着枪，他们全副精神，都注意在前面，山后这样的陡壁，却以为是万全的天险，华兵决不能去的，所以并没有留意。山下国雄一行人，听到山上的机关枪正向前面开，大家微笑着点了点头，各人就手足并用的，由石壁上爬了上去。

这石壁虽不是像墙壁一样的竖立，然而一个人想如平常登山俯着身子上去，万不可能，必须手抓着前面的树根草茎，后面由脚尖撑着土，方可慢慢上前。这个陡壁有四五十丈高，平常要爬了上去，气力也有些不可能。现时在机关枪后面，一点声息不能有，而且非快快不可，所以十分的困难。所幸者，就是这个时候，乃是盛夏，草都长得很长，大家在草里爬着，山上人不会看到。大家悄悄地就这样步步前进。可是有些光石板壳子的所在，并不曾长着草，手无东西可抓，脚尖撑着光石板，又不能吃力，爬到三分之二的地方，大家气力用尽，陆陆续续，就滚下去五个人。好容易到了山尖下，这里可成了陡壁，人要站着身体，如登梯子一般地上去了。五个人站在壁下，抬头看时，到顶还有三四丈高，山顶上敌人说话，都清清楚楚。大家喘着气彼此望着。国雄勉强止着喘气，用脚一顿，瞪了眼，将手连连举了几下。那意思就是说拼了命上去。于是他一人在先，手攀了石壁上的垂藤，连跳带爬上缘着。其余四个人，便咬了牙也跟着上去。然而这地方太没有立足的所在了，爬到一丈多高，又落下一个人，连华氏弟兄和其他两个兵士，共计四人了。

第九回

不测风云忘危杀贼
无上荣誉受奖还乡

第九回　不测风云忘危杀贼　无上荣誉受奖还乡

热血之花

这个时候，情形已是紧张到二十四分，国雄国威只要有一分钟的犹豫，山顶上的匪人，跑了过来，只要将刺刀扎上两下，就可以把山崖上的人，完全打了下去。他弟兄二人更知道这情形逼迫，虽然接连落下去几个人，看也不回头看去，连手和脚，很快地爬上山来。眼前一群匪军，正扶了机关枪对着山下噗噗乱发，国雄大喊一声，提起手榴弹，拔去保险机，向开机关枪的匪兵掷了过去。国威跟着兄长，也接连地抛过手榴弹去。顿时黑烟和尘土四处乱飞，机关枪声，立刻停止。华氏兄弟，当然是不能稍微停顿的，各拿了手枪，向烟土丛中蠕蠕而动的黑影，紧紧地开着手枪。山下面的华军，看到山上的情形，料是暗袭的军队得了手，齐齐喊了一声杀，一个冲锋，大家就冲上了山头。这里守山头的一批匪军，也不知后方有多少人冲上山来，出其不意的，经手榴弹一番轰炸，早是手足无措，加之山坡上的华军冲锋上来，也不知道向哪方面迎敌的是好，只得由斜坡方面退了下去。不到十分钟的工夫，就把山头抢了过来。正是时机凑巧，那大道上的匪军，以为山头上有同伙占据着，牵制了堡外的一支华军，就向堡城大队进攻。这时，堡上的守城华军，已经看到本军占领了山头，不必顾全右方，就全力向来军迎敌。攻城的工作，本来不是容易的事，而且在两峰夹峙之间，中间只一条道，进攻的军队，恰是展放不开，拉了一字长形的散兵线向前进攻过去。山上的华军，看得很清楚，就把夺过来的机关枪，向了那长形密集的地方，同时扫射。除了炸毁了一架机关枪外，加上原来的机关枪，共是四挺，有四挺机关枪在敌人后方猛射，当然是很有威力的，那进攻的匪军，反受了两面的夹攻，如何站得住阵脚，自然是退了下去，直退到离山顶够三千米方才止住了。匪军突然受了夹攻退去，以为是中了伏兵之计，就隐伏在深草和土堆里，同时，挖着临时战壕，以避免华军的反攻。华军方面，一时也不知道匪军的真相，而且子弹有限，不敢徒然耗费，沉默住了，并不反攻。刚才满山满谷，子弹横飞，黑烟四散，到了现在，却是烟消声歇，山缝里透下来的一片阳光，依然照着山缝下的草木，青翠如旧。一切的声音，都已停止，只有那草头上和树叶上的风过声，瑟瑟作响，打破了这山中的沉寂。可是表面如此，内容就紧张极了。这面时时刻刻侦察匪军的行动，那面也到处侦察驻军的实力。经过三四小时的支持局面，匪军已经知道华军不多。尤其是抢着山头的华军，不过是极少数一支兵，这在他们惊疑败退之后，很是后悔。但极力忍耐着，到了山谷中没有了太阳，两山之间阴沉沉的，匪军就分着两路向华军进攻，一路是进攻夹石堡，一路进攻堡对面的山峰。那种来势很猛，夺山头的差不多有一营人，大大地展着散兵线，向山脚逼了过去。那山上向下看，本是清楚的，加之华军早有死守的决心，紧紧对着进攻的路线，用机

第九回　不测风云忘危杀贼　无上荣誉受奖还乡

关枪扫射。匪军是无故侵略土地而来的，比华军杀身成仁的勇气，差下去远了，所以这边猛烈的抵抗，他们就不能前进。只是步枪与机枪，不断地围着山头施放。在他们这样的猛扑山头，山头上的华军，自然也用全力抵御，不能再分出力量去射击，攻城堡匪军的后路。于是击城堡的匪军，遥遥地将堡门封锁了。山夹缝里阳光既少，天色便如黑夜，放出来的子弹，在枪口上已经冒着火光，漫漫的长空里的子弹，带着一条条的火线，夜色更深沉了。从此山上山下，彼此都看不到人影，只有山上的火线向下飞，山下的火线向上飞。城堡之外，比这边更热闹，枪炮之声，夹着山谷里的回响，声震天地。好在这山上的守军锐气很盛，山底下的匪军攻了一晚，到天亮的时候，又退去了。不过在山夹口外，许多大小石块下，架了几架机关枪，不时向堡门射去，切断了堡中和堡上的联络，堡中想向山上增援，却是不可能的。

　　到了白天，双方依然沉寂停战，天色黑了，匪军又开始进攻起来。战到了半夜，满山缝的星光，隐藏不见，树木一阵呼呼作响，忽然一阵大雨，盖头淋将下来。山下的匪军人多，以为这是个好机会，就趁势向上冲锋。大雨之后，山水向下流去，草皮泥土，都是滑的，山上的华军，沉着应战，只等他们目标显然的时候，就是一枪，冲锋上来的人，一个也逃不下去。不过他们几次冲锋，华军死力抵抗，风吹雨打，子弹扑击，死伤也不少，战到天明，只有十八个人了。今天匪军攻击，和昨日不同，也是拼了死命来的，虽然天色已明，他们知道守军更少，越是要用人命来拼夺这个山头，前面死了一批人，又调一批人到前线来增援。在匪军这样激烈攻击的时候，连城堡里的赵营长也感到极大的危险，就和熊营副一处，闪在堡上城垛子后，向山头上打量。

赵营长看了许久，皱着眉道："堡门外的大路，被敌人火力封锁着，弟兄们是出去不了的。在山上的弟兄们，有一天一夜，没吃没喝的送去，天气又是这样坏，他们怎么支持得了呢？要命！"熊营副道："敌人一步紧似一步地来干，现在就觉得应付困难。若是山头又失守了，我们更不好办。那个山头千万放松不得。"赵营长道："我也是这样说。和他打旗语吧，叫他们死守这个山头。总部约我们死守四十八个钟头，现在已经守了三十六个钟头了，无论如何，我们要挣扎过去。"于是熊营副就传了两个旗手上来，让他们藏在城垛子后面，向那方面打旗语。赵营长写了两个字条，交给旗手，上面写的是："务须坚守待援，赵。"一个旗手，照字翻号码，口里报着数目；一个旗手，照数字在墙头上层弄着两面旗子，向山头上报告过去。那边的国雄，看到这方面的旗子招动，立刻拿了两面旗子，照着这面的旗子，同样指挥，口里报着数目，让同行的兵士，在日记本子上写下，一面让人翻译。译完了，自己告诉兵士，将"决死守，士气甚旺"七个字翻成号码，向他报告，他就向城堡守军回复过去。

他们这样打旗语，匪军当然是看得很清楚，便以两边旗子招展的所在做目的地，子弹集中，射击过来。尤其是对山头上，以为是向堡中报告什么秘密，拼命地向国雄附近射击。国雄人藏在一块石头后，两手只管伸了出来挥着旗子。那子弹在石头前后，纷纷乱落，而且打在石头上，火星乱溅，石屑子直扑到国雄的脸上来。国雄一切不管，将旗语打完，把旗子向石缝里一插，跑到一挺机关枪边，和国威二人移下去十几丈路，正对着射击的敌人，噗噗噗扫射过去。原来这个时候，他们这十几个弟兄又陆续地伤亡，只能两个人管领一挺机关枪了。山上越是人少，越不能

第九回　不测风云忘危杀贼　无上荣誉受奖还乡

让敌人知道虚实，所以对着山下，更是极力地发扬威力，四挺机关枪一架也不停止一息。偏是天不与人方便，在这十几个热血男儿拼命抗敌的时候，雨更下得如竹编帘子一般，大风一卷，哗啦作响，山摇地动，着实怕人，加之人已经作战一昼两夜了，精神也十分疲倦，所以在大雨中挣扎之下，慢慢地把机关枪声减少，山下的匪军，有了这样的情势，也是不肯放松，一次两次的，只管向山头上冲将上来。

国雄兄弟的机关枪排列最前面，自然是紧对着山下施放。弟兄二人只管静伏在泥草里，那泥草上的流水，顺着人身上的衣服，向下面流去，满身都是泥浆。国威手扶了机枪，不免将头垂了下去。国雄喊道："国威国威！抬起头来，有一口气，也不许倒下去。"国威咬着牙，对了山下，又噗噗噗地开着枪。但是在这个时候，其余的三挺机关枪，已陆续停止了响声，不知道他们是子弹用尽了？也不知道他们是受伤或阵亡了？在这样天气之下，恐怕是不能让弟兄们再支持了。国雄就大声喊道："弟兄们开枪，援军快到了，杀呀。"因又对国威道："在四十八小时的限期以内，我们死也要挣扎过去。"国威手扶了机枪，又放了一阵，然而实在是疲倦了，头垂下来，浸到水草里去，半边脸都是水泥染着。国雄摇撼着他的身体道："兄弟，你必得打起精神来干。这个山头，就是我弟兄两人的责任，你若懈怠起来，不是让我一个人来负责吗？干！死都不怕，还知道什么疲倦。现在到限期只有五分钟了。五分钟以内，不能让敌人冲上这个山头。五分钟以外，支持一分钟，就是一分钟，万一支持不了，我弟兄两个最后一滴热血，就洒在这山上。这是最后的五分钟，我们干！干！"国威猛然抬起头来说："好！干！"于是弟兄二人紧对山下的匪军，一阵阵又扫射起来。匪军绝料不到山上只有两个华兵，山上大水下流，更是油滑不能冲上，也只好极力地挣扎着，不放松而已。只相持到十分钟的光景，山下喊声大起，援军由后面赶过来了。匪军经过两昼夜的鏖战，自然也有些疲倦，突然让生力军一冲，便有些抵抗不住，纷纷后退。国雄跳了起来，两手一拍道："好了！好了！大功告成了。"只在他这样一跳的时候，脚下站立不住，向山上倒将下来，人就昏晕过去了。

及至醒来，睁眼看时，大雨大风声，枪声炮声，都没有了，自己已是睡在城堡中的病房里头了。这病房有二三十架行军床，各躺着受伤的兵士，他最近的一张床上，躺的是他兄弟国威。当他醒来之时。国威已经苏醒许久了。他看到哥哥醒过来，首先微笑。国雄道："怎么着，我们挂彩了吗？"国威道："没有！我们是疲劳过分了。军医吩咐让我们都休息休息。"国雄道："敌人怎么样了？"国威道："他们败了。我们的援军有一旅人，已经追了过去，非把他们歼灭了不回来。大概他们要全军覆没的。"国雄将盖的军用毯子一掀，跳了起来道："什么？他们全军覆没了。"光了双脚，在地上一顿乱跳。军医跑了过来，将他按到床上，问道："华连长，你可知道这是病室里，不许扰乱秩序的。"国雄道："但是我没有病，你让我睡在病室里做什么？"军医道："你的精神刚刚恢复过来，还应当休息一会子。"国雄瞪了眼道："你这就不对。你也是个军人，应该劝军人偷懒的吗？"军医笑了，便道："好吧，你出去。"国威跟着跳下床来道："我也没病。"军医笑道："你也出去。"于是穿上干净的衣服，都出了病室，归队去了。

到了次日，清晨的太阳，由山顶上照将下来，新雨之后，

第九回　不测风云忘危杀贼　无上荣誉受奖还乡

满山皆绿，阳光一照，那新绿更是好看。操场上的早操，已经完毕，站队还不曾散，赵营长熊营副穿了整齐的军服，在队伍面前站定。赵营长向众人注视着，从容地道："弟兄们，这次夹石口的战事，幸得各位一片热血，死守了四十八小时，把敌人打退，这是我们全军引为一件荣誉的事情，总部已经来了电报，奖励我们，各法团也有许多电报来感谢我们，我们总算对得起军人两个字。不过海盗原是十分狡诈的，不定什么时候再来侵犯我们，我们还要谋长期的抵抗。我们已经得了全国同胞的信仰，总部的奖励，在长期抵抗的时候，我们更二十四分的勇敢，二十四分的慎重，保持着我们的荣誉。总部的犒赏，一两天内，就要下来。唯有华国雄连长，和学生军上士华国威，把守对面山头，功劳太大，总部已经来了电报，给予他们一等荣誉奖章。现在，由我亲自和他们佩戴起来。"说着，便叫了一声华国雄。国雄在队伍前走出来，和赵营长举手立正。赵营长在熊营副手上，取过一面银质奖章，亲自挂在他胸襟上，举着手行礼，让他退去。对国威，也是照样的办理。赵营长大声道："你们看，天气这样好，大家精神也非常的兴奋，我来引导你们喊几声口号。"便喊道："爱国义勇军万岁，华氏弟兄万岁！"大家喊着，声震山谷，就在这时散队了。散队之后，赵营长在营房里，把华氏弟兄叫进来，学生军的队长，也坐在一处。赵营长笑道："你看看，今天你们弟兄所得的荣誉，有多么伟大，精神上的安慰，也就不必说，这比吃酒打牌，以及谈爱情，却高尚多了吧！现在，我给予你们两个星期的假，让你们回家去看看父母……或者二位的情人。"学生队队长笑道："营长刚才说了，谈爱情不大高尚，何以又让二位去谈爱情。"赵营长笑道："出发以前的军人，战胜回来的军人，我想爱情也是需要的。不过不要为了爱情忘了爱国就是了。我还没有了我的责任，将来……也许……"于是都微笑了。赵营长道："天气很好，你二人马上就可以走。"华氏兄弟，就举手行礼告退。正在前线鏖战之后，忽然得了官假回家一次，这是军人最快活不过的事了。二人匆匆忙忙，收拾了两个小包裹，就走出夹石口来。那人行大路上，经雨洗过一次，清洁极了，一丝飞尘没有。路边的山涧，流水潺潺作响，在深草里时现时没。山坡上的绿草丛中，许多不知名的野花，也有紫的，也有黄的，也有白的，都开得十分烂漫，好像对这一对健儿，含笑欢迎着。弟兄二人驰步骋怀，一路唱着军歌，向火车站而去。赵营长在城堡上望了他弟兄二人并排开步而行，直绕过了山弯子，还有歌声传过来，那歌声是：好男儿，把山河重担一肩挑。赵营长点点头，自言自语地道："养儿子不应该都像这一样吗？"

第十回

复国家仇忍心而去
为英雄寿酌酒以迎

第十回　复国家仇忍心而去　为英雄寿酌酒以迎

热血之花

华氏兄弟唱着军歌，走上大道，好不快活，一路之上，国威不断地发着微笑。国雄原来是不大注意，等他笑了多次，才问道："你这不是平常的笑，你究竟笑些什么？"国威道："我想我们临走的时候，赵营长和我们说的话，很有些趣味。"国雄道："可不是吗？他说我们回去看情人，恰好我们都是没有情人的。"国威道："你怎么会没有情人，舒女士不是你的情人吗？"国雄听了这话，立刻把脸色变了下来，一摆头道："什么？她是我的情人，我已经把戒指交还给她了。从此以后，我不但是恨她，我还要厌恶天下一切女子。女子不但侮弄男子，而且是陷害男子的，我们现在不必攻击中国人多妻制度，我们应当攻击中国女子在那里建设多夫制度。"国威笑道："你不应该因为一个人生气，对全国女性就下总攻击。别人听了这话，不要说你侮辱女性过分点吗？"国雄道："你想呀，像剑花这种女子，总是知识高人一等的。结果，她会背着未婚夫，爱上了个戏子，而且这戏子是走江湖的，很有些来历不明呢。我们是爱国军人，有这样的女子做内助，岂不是自己毁自己的名誉。我不但不愿见她，她的名字，我都不愿听，我怕脏了我的耳朵呢。"国威笑道："呵呀！你和她感情那样好的人，忽然破裂起来，就闹得如此不可收拾。"国雄道："那可不是。无论什么人，不要让我太伤心了。我生平有两种仇人不放过他，一种是国仇，一种是情仇，那个姓余的，他在我手上把舒剑花夺了去，等战事平定之后，我要和他比一比手段。"国威笑道："这是我的不对了，我们走得很高兴，偏是我说这些话，引起了你的不快。不要生气了，我们来唱一段军歌吧。"国雄默然地在大路上走着，路中间那零碎石块子，他提起脚来，就把一块小石头，踢到几丈远的地方去。他忽然道："我若是有机会和剑花会面，我必定要用话来俏皮她几句。"国威道："那又何必？我觉得我们现在除了国难而外，不应该去谈别的仇恨。恋爱是双方的，一方强求不来，强求来了，也没有多大意思。"国雄道："我不是要强迫着去求爱，只是她冤苦了我了，我若不报复一下，显得我这人是太无用了。"国威也没法子和他哥哥解释这种怨恨，只得一人提着嗓子自唱他的军歌，并不和国雄搭话。国雄紧随在后面走着，却是不做声。一走十几里路，到了火车站，为了别的事，兄弟们才开始谈话了。

  他们上了火车，只在途中，省城已传遍了消息，有关系的亲友们，没有人不替他们欢喜的。舒剑花是在情报部服务的人，她又十分注意着夹石口的消息，当华氏弟兄得假回来，她是知道的了。不过她心里虽十分高兴，可是她那份为难的情形，也就没有别人可以了解。她想着，依了自己渴盼国雄回来的那份心事而言，就应该到车站上去接他。只是当他出发的日子，正是自己设局骗余鹤鸣的时候，当时怕机密泄露，故意和国雄闹得很决裂。国雄固然不知道是假的，自己也不敢说是假的。直到现在，他当然还以为彼此是伤了感情的，若到车站去接他，他不理会，也没有什么关系。设若他当众侮辱起来，那还是受呢不受呢？若不到车站去接他，到他家里去，他家里人也是有误会的，一定拒绝我去见他。本来过一天再去解释，也没有什么要紧。只是说也奇怪，自己心里总非今日解释不可，连明天都等着有些来不及。想来想去，倒有了个法子，就是先去见国雄的父亲，把原因说明。他是个哲学家，这样一件很平常的事，他还有什么解不透的。只要和他说明了，然后请他和国雄说明一下，等国雄心里明白了，我才出来相见，这就很妥当了。她正如此想着，打算换好了衣服，立刻到华家去，偏是不到一个钟头之间，情报总部就来了电话，说是司令有要紧的事商量，请马上就去。侦探机关，非比别的机关，一分钟迟早，都有关系的，因之剑花接了电话之后，不敢停留，马上就到总部里来。

张司令坐在办公室里，脸上很忧郁的样子，正在桌上检理文件，见她进来了，将文件推到一边，用手按住，望了她的脸，点点头道："舒队长，又有一件很重大的事，要你去办了，你是个女子，是那样聪明，又是那样勇敢，非你去办不可！"剑花听到司令在没发表命令之先，就夸奖了一阵，很有得色，便笑道："无论多困难的事，我都尽我的力量去办。"张司令道："那就好。你坐下，我慢慢告诉你。"说着，用手指了公案外的那张圈椅。剑花想着，或有长时间的讨论，就坐下来了。张司令凝了一凝神，眼皮有些下垂，那是很沉着的神气，他从容地道："海盗就在夹石口打了一个败仗而后，他们知道我们也是耳目很周到的，所有军事动作，都十分秘密，现在我接了报告，他们秘密调了三万人到思乡县，预备一鼓而下省城。思乡邻县，所有陷入匪手的地方，都有军事调动。我们要防备他由哪条路，不能不知道他实在的情形。他们很狡猾的，也许那思乡县的布置，是虚张声势的，其实他引开了我们的视线，要由别路来进攻，所以我们要赶快去调查出他的情形来。这几天思乡县一带，难民纷纷逃难，正是你前去探访的一个好机会。我派去的人，当然不止你一个，不过进城去仔细调查的人，我只预备你一个人去。多了人，反怕误事。你到了那里见机而做是了。"剑花对这个重要工作，倒一点也不感到困难，站起身来，就问哪一天动身。张司令道："事不宜迟，当然就是今天走。"剑花听了这句话，却不能答复，低头又坐下去。张司令道："我望你努力。"说着望了她的脸，她依然是低头不做声。张司令道："舒女士，你是个巾帼英雄，难道还有什么为难之处吗？海盗是我们不共戴天之仇，为了国家复仇，还怕什么困难？"剑花踌躇了许久，才低声道："司令，可不可以展限一天呢？"张司令道："为什么要展限一天，今天不能走吗？"她又站了起来，手扶了桌沿，低目向下看着。张司令道："你不必为难，有事只管和我说，我或者能替你解决。"剑花道："因为……"只说了这两个字，微笑着顿了一顿，才慢慢低声道，"因为华国雄今天要回来，我应当去欢迎他。"张司令笑道："你对我说过，他是你的爱人，你们为了余鹤鸣的事，有点误会，对不对？大概你是要见他解释误会呢。不过国家事大，爱情事小，你忘了为国家牺牲一切吗？"剑花道："这个我有什么不明白？不过国雄对我误会太深了。我怎能不解释一下子呢？"张司令笑道："不要紧，这样一件小事，还用得着你当面

第十回　复国家仇忍心而去　为英雄寿酌酒以迎

去和他说吗？有我作证，他对你的误会，我想没有什么不能解释的。到思乡县去的这件事，很有时间性，倒是非去不可！"剑花想了想，挺着胸道："既然如此，我就忍心去了。"张司令道："舒女士，现在是什么时候？还能让我们儿女情长，英雄气短吗？你就走吧。你需要什么，可以到庶务科去领，我等着你的佳音了。"说着他也站起身来。到了这时，剑花觉得实在也无可俄延，立着正，行个举手礼，退出去了。张司令见她走了，向着她身后微笑了笑，自言自语地道："什么伟大的人物，这爱情两个字，总是抛开不了的，也难怪她了。"于是吩咐随从兵，向车站打个电话，问东路的火车，到了没有。车站上回答，车子已经到了二十分钟了。张司令赶着将公事办毕，坐了汽车，就向华有光家里来。

当张司令向华有光家来的时候，华氏兄弟，正下火车不多久，坐了汽车回乡村来，远远地望到自己家门，弟兄二人，都有一种难以言语形容的快乐。就下了汽车，向家中走来。华家屋子里、屋子外早是让有光学校里的同事和同村子的邻居挤了个纷乱。华太太在人丛中，走来走去，也不知如何是好，和这个说两句话，和那个又说两句话。华有光口里衔了烟斗，站在院子里，不住地微笑。邻居们欢迎的热烈程度，在华氏家人以上。有几个人等待不及，坐了脚踏车，迎上前去。看见华氏弟兄，在头上揭下帽子，在空中摇撼着笑着大喊欢迎。喊毕，掉转车子向回跑，各要抢先报告。有个老者，他有些赶年轻人不上，坐在车上，一路喊着"来了来了"，就这样喊了回去。华氏弟兄在大路上走着，经过了人家，人家里面的老老少少，都跑着出来观看。村子门口，横在两棵大树之间，悬着一幅长布标语，上面大书特书：

欢迎爱国军人两位华先生，村人同庆。此外各树干上，都贴有字条标语，无非是欢迎华氏兄弟，鼓励国人爱国的意思。自己家门口，更是左一幅右一幅的标语，四处横着，门口是高高地插着两面国旗。在国旗之下，拥着一大堆人，有些人手上还拿了小旗子在空中招展。华氏弟兄看到他们时，他们也看到了华氏弟兄，噼噼啪啪就有人鼓起掌来。二人并肩迈步而走，一面向欢迎的大众举了手。在人丛中，这时有位老太太跑了出来，正是两个军人的母亲，她走上前，一手挽了一个儿子，很沉着地喊了两声"我的孩子"。二人同笑着叫了一声妈。这些欢迎的人，不容分说，一拥上前，把他三人包围起来了。有人叫道："别包围呀！老先生还没有看到他的少先生呢。"便有人闪开一条路，让有光进来。他取下所戴的眼镜，用手绢擦了擦玻璃片，后又戴上，他望着哥儿俩点了点头道："好，你们替做父母的争光。"国雄国威都鞠着躬。有光道："邻居和学校里朋友，太看得起我们，在我们家里，设有酒席，欢迎你们，我们走吧。"于是大家如众星拱月一般，将他弟兄们拥了进去。

院子里树荫下，设有一字长案，共列三行，大摆着露天宴席。这时有人举了手道："大家稍微安静一下，让我报告。"说着就有个人端了个方凳子放在人丛中，他站在凳子上道："诸位！我们这个欢迎会，是欢迎两位爱国志士的，但是，我们不要为了壮年志士，忘了老志士。你想，有光老先生，他是个非战主义者，而且就只有这两个儿子，他为了替国家找出路，为民族争生存，他不惜推翻了他生平的主张，而且把他两个儿子，完全送去当兵。这种牺牲精神，请问，在大人先生里面，能找出几个？"他是个穿西服的老先生，他说着话时，将他那筋肉怒张的

第十回　复国家仇忍心而去　为英雄寿酌酒以迎

瘦拳头，捏得紧紧的，只管凭空挥动，下巴上的长胡子，也跟着他那副精神，根根直竖。全场的人听了这话，都鼓掌。他又道："还有华夫人，我们知道她是位慈祥恺悌的老太太，平常小孩子吵闹，她都反对的。这次，她在怀抱里送出两个儿子到火线上去，而且仅仅的这两个爱儿，请问：中国有多少这样的老太太？"大家又鼓掌。老人道："所以，今天我们欢迎两位志士之外，更要为这两位老英雄庆贺教子有方，而且是有志竟成！"说毕，他跳了下来，大家拼命地鼓掌。于是大家认定，请二老夫妇坐第一列的首二席，请国雄坐第二列首席，国威坐第三列首席。坐定，还是那个人站起来发言道："我们要吃个痛快，有话等吃饱了，喝足了再说。现在我们大家站起来，恭祝老少英雄一杯，以后我们不拘形式，就随便地吃喝了。"说着，他举了一个大玻璃杯子，过了额顶。于是全场人起立，都向华家四位恭祝一杯。华有光到了这个时候，也说不出来有何感觉，只是向大家笑，华家四位也就陪了一杯。这才大家坐定，吃喝起来。

因为今天人多，按照中国酒席吃法，有些不便利，因之发起人只预备五六个菜，而且照着吃西餐的法子来吃，口味既对，在仪式上又便利，所以大家吃得很痛快。华氏弟兄，随便谈些战场上的情况，说到大风大雨之中，那种困难御敌的情形，全场鸦雀无声，都静静地听着。说到援兵到了，将海盗杀退，大家又眉飞色舞，欢呼起来。国雄正说到高兴之处，听差欲将一张名片递交他，说是来了一位张司令要见；国雄哎呀一声站起来道："我一个小小连长，怎敢劳动司令来会我，而且我也不认识他呀。"华有光向他要了名片看，便道："这位司令，他的职务，是与平常军人不同的，也许他有什么要紧的事，得和你面谈。"国雄想了想道:"这也对,那么,请他到客厅里相会吧。"听差回话去了,国雄也就向大家暂行告退,一人到客厅里来。那张司令见他进来,一点也不托大,就伸了手和他握笑道:"华连长,我欢迎你,而且我还代表一个人欢迎你。"国雄以为他是代表哪位长官来说这话的,连说不敢当。张司令笑道:"不敢当吗?我说出来,也许你就敢当了,而且也许不愿意接受呢。"说毕,他就哈哈大笑起来。

第十一回

涣释疑团凌空落束
深临险境乘隙窥营

热血之花

张司令这一阵大笑,却笑得国雄有些莫名其妙。瞪了两只眼睛,只管望了他。张司令笑道:"我和你提个人,大概你认识。有位舒剑花女士,你们是朋友吗?"这位张司令,忽然会提到舒剑花身上去,这倒出于意料之外,因淡淡地笑道:"对了。不过是很平常的朋友。"张司令笑道:"交情到了这步地位,还是平常朋友,那么,要怎样一种人,才算是非常朋友呢?这我也不去管它。华连长不要嫌我琐碎,请问,你可知道舒女士是干什么职业的?"华国雄听他这句话问得有些奇怪,便道:"她原来职业很高尚,是在学校里当教员的,但是近来她得了一笔遗产发了财了。不过是位能花钱的千金小姐。"张司令道:"她得了什么人一笔遗产?"国雄道:"是她一个做华侨的叔叔,传给她的。不过我平常没有听到说她有这样一个有钱的叔叔。"张司令笑道:"足下也有些疑心吗?"国雄道:"不过她发了财是真的,也许是她的远房叔叔,她自己都不曾注意的。"张司令手摸了他那乱髯,微笑了很久,然后答道:"也许得遗产这件事,根本上就靠不住。"国雄听着，心中不免疑惑起来，这位张司令，为何这样清闲，老远地跑来讨论舒剑花的私事。不过他的官阶，比自己的官阶大得多，决不能对他有什么不合礼的态度，所以表面上依旧陪着他谈话，就问道："连得遗产的事都靠不住吗？这些时候，她有钱花是千真万确的，谁送这么些个钱给她花呢？"张司令笑道："这样看来，华连长果然和她是个平常朋友，她的性情，她的人格，她的才具，她的职业，你全不知道呢。是的，她在表面上好像突然发了财，其实那不是发财，乃是她职业上一种应时的表示，这种表示完了，她依然是位很平民化的姑娘。"国雄觉得他的话，实在有些不合理，便问道："司令怎么样知道？"张司令笑道："她和我同行，我怎样不知道？"国雄听了这话，心里倒有些明白，于是向张司令瞪了大眼睛望着。张司令笑道："你简直是错怪了好人了。我告诉你吧，舒女士是我们情报总部的女队长，她得了遗产，是得了我们总部一笔特别费。她坐汽车上大亚戏院听戏，是去侦察敌情，那个戏子余鹤鸣和她交朋友，就是中了她的计。她和你淡淡的，让你去和她绝交，也是她计中之一部分。你虽在夹石口打胜仗，可是发觉海盗由这方面来偷袭，这是她的功劳呢。"国雄听了这话，做声不得，只望了张司令。张司令微笑道："到了现在，你总该有些明白吧？"于是就把破获余鹤鸣这桩案子的原委，详细说了一遍，国雄听毕，啊呀一声站了起来。张司令笑道："你固然爱国，她的爱国心，恐怕不在你以下。你固然有功，可是没有她破获海盗的密窟，得不着文件，也许海盗打到了夹石口，你们还不知道呢。那时，当然是全局失败，你一人何从立功起来。她是你的未婚妻，不算辱没你，为什么你说她不过是平常朋友呢？"国雄道："嘻！我哪知道有这么一回事。她……"张司令道："她不像你，她听到你要快回来，心里头是很欢喜的。不过她不能来欢迎你。"国雄道："当然！是我太对她不住了，我可以去见她，当面谢罪。"张司令摇着头道："这倒是用不着。"国雄道："她自然是对我不容易谅解，不过我当日不对她误会，也许破坏她的工作。这一层，她要十分……"张司令笑着摇了摇头道："谈不到此。"国雄觉得什么话也说不进去，很觉惭愧，站在张司令面前，只管低了头。张司令道："她不能来欢迎你，自然也不能见你，你为什么不明白这一点。假使可以让你解释误会，她不会先来见你解释误会吗？"国雄道："是！我也没有什么话可说了。不过她请张司令来，就是对我说这几句话吗？"张司令站起来，笑道："我也不必更让你为难了。告诉你吧，她今天已经离开省城了。"国雄看了看张司令的脸色，突然问道："真的？"张司令摸着胡子道："她倒不是为你来，生着气走的，自然有她的公干。"于是把舒剑花奉命出差的话，告诉了国雄，至于为什么出差，出差到什么地方去，这却守着秘密，没有告诉他。国雄点着头道："难得！中国的女子，个个都像舒剑花，那就大谈恋爱，又要什么紧？"张司令笑道："好了，我这个和事佬做成功了。将来舒女士回来了，你们结婚的时候，多请我喝一杯喜酒吧。现在我可要告辞了，别耽误你的欢宴。"说毕，就向外走。国雄位卑，在军界里，谈不上什么平等，不敢挽留他，很恭敬地把他送走。

转身回到酒席上来。他端了一杯酒，站着向全座的人一举道："请大家陪国雄干这一杯酒，国雄有件很高兴的事报告。"大家听说，果然站起来陪着干了一杯。国雄依然请大家坐下，于是将自己和舒剑花的爱情，以及舒剑花这回割爱诱敌的事，报告一遍，全座人听到，都鼓起掌来。国雄道："她现在又为了一件很重大的公事，出差去了。可惜今天宴会，不在昨天，若在昨天，大家可以见见她了。老实说，没有她发现敌人攻夹石口的消息，我怎能受诸位今天的招待？"说到这里，半空里轰轰作响，突然来了一架飞机，那飞机由远而近，直向这个村子而来，越近飞得越低，下面看得飞机上的图案很清楚，正是省军的侦察机。那飞机到了临头，有块几尺长的黑布，坠了下来，然后机身一折，变成高飞，轰轰响着，飞到老远去了。国雄知道，这是飞机丢下信筒来的表示，连忙向着那黑布下垂的地方找了去。不多一会，在横的一根树干上，将那黑布找着了。那布的下方，正系着一个白铁筒子。国雄一时猜不着飞机为何向这地方传信，因之赶忙把白铁筒打开，里面并没有信，乃是一张大白纸，写了碗口大的字：欢迎华国雄国威两位舍身抗敌的勇士，舒剑花谨书。原来是她坐着飞机来的，这可出人意料之外。再抬头看那飞机时，远在天边，只剩有一个小黑点，也就快不见了。原来舒剑花在情报总部告别以后，因为此去，要超过海盗的防御界线，非坐飞机不可，所以乘了飞机前去。临上飞机的时候，和驾机人商量妥了。到华家屋顶上绕半个圈子走，所以又在飞机场临时写下一张字条，放在信筒里丢下来。当国雄眺望飞机的时候，扶摇直上，她已去远了。

这架飞机，目的只在送剑花到敌人境里去，不轰炸也不侦察，所以飞得极高，一路都很平安地到了目的地。飞机在半空里旋转着，看清楚了有一片旷野，并没有人家，立刻就降落下来。剑花这时已是扮着一个乡下逃难妇人模样，头上罩了一块蓝布，涂着满脸的荷叶汁，又黄又黑，身上穿着滚花边的蓝布褂子，下面穿着滚花线的大脚管裤子,脚穿尖顶鲇鱼头鞋,而且是蓝布袜子,敷上了许多土,看那样子,完全不像是坐飞机的人。飞机落到平地上,剑花将预备好了的东西,带在身上,立刻跳下飞机,向麦田里钻了进去。飞机也不敢延搁,怕让人看见了,不稍停留,就腾空而去。这个时候,已是半下午了,剑花藏在麦田里不动,到了晚上,然后背了个半旧包袱,慢慢地摸上大路。这时,黑野沉沉,上下相接,四周的星斗,放出点点的微光来,略微还看到一些路径。剑花站在大路中间,对着南北斗仔细地观察了方向,然后在路边一个牛棚子里坐着打盹,直等天明,然后缓缓在路上走着。及至太阳有丈来高时,路上已遇到了走路的,人家看她这种情形,料着是个避难的,也没有什么人注意她。她得不着一个问话的机会,却也不敢轻易开口。

走到一个三岔路口,却看到一位四十上下的汉子,挑了一副箩担。一头挑着是一卷铺盖和一个旧木箱子,一头是个空箩,里面坐着两个小孩,这汉子后面,一个大脚妇人,身上扛了根木棍,棍子上挂有个小包袱。妇人后面,再跟上一个十二三岁的男孩,也用根小竹竿子,挑了两个手巾包。看那样子,很像是举家避难的神气。剑花紧紧地跟着那担子走,逗着那箩里一个黑小子发笑。那妇人忍不住,首先发言了,她道:"你这位大姐,也是要进城去的吗?"剑花笑道:"大嫂,是的,你这孩子多好玩呵!"那妇人道:"你怎么只一个人,你也不是本地口音。"剑花叹了口气道:"我丈夫是到这儿来做买卖的,前两天,让海盗抓住了。我的东西,也没有了,只剩了一个光人逃难。这县城里有一个亲戚,我想找他想想法子去。大嫂你贵姓?"那妇人指着汉子道:"他是王掌柜,我娘家姓丁,你看,这年月不容易过,好好儿的,会拖泥带水的,拖了这些人逃难。唉!前世造的孽!"剑花笑道:"大嫂,你真和气。你这王掌柜,是个能干人样子,将来一定会发财。"王掌柜挑了担子,不由笑起来道:"你这位大嫂,人真好,也不会永久落难的。不过你这个样子进城去,恐怕有些不行,这些日子,县里就只有正午开一会儿城门让人进出,而且盘查得很紧,你不如冒充是我的大妹子,不要开口。混进了城,就好找你那家亲戚了。"剑花笑道:"那就好极了。这又没有什么见面礼,给这两个小侄子,那是怎样好呢?"说着,在身上摸索了一阵,摸出了两块现洋来,向那箩担里坐着的小孩子,每人手上塞了一块。丁氏听到丈夫要剑花冒充大妹子,心里十分不高兴,现在见剑花给钱,哟了一声道:"大妹子,还没有让小侄给你拜礼呢,你倒先给钱。"剑花笑道:"小意思,到了城里,我再买东西给他们。"丁氏连声道谢,就一路陪着走。剑花一路都恭维他们,他们很是满意,说是丁氏娘家在城里,到了城里,可以先在她娘家歇腿,然后再去找亲戚。剑花更是欢喜,就约着到城里买这样买那样。大家很高兴地谈着话,不知不觉地到了海角县城。

  这正是开城门的时机,到了城门口,出城进城的人,很拥挤了一阵,城门口虽然有些兵士检查,因为王掌柜说剑花是他的妹子,剑花并没有开口,随着许多人,就混进城了。自己心里想着,这一下子,总算闯进了虎穴,若是真能在丁氏娘家住,有了落脚之所,这事就好办了。心里如此想着,不但不害怕,还有些扬扬自得,觉得这次前来,一点痕迹都不曾露出来,真算办得巧妙。也幸而遇着了这一对乡愚,做了我莫大的帮手,这算合了一句俗话,天助成功了。她很高兴地走着,穿过了一条大街,那些

第十一回　涣释疑团凌空落秉　深临险境乘隙窥营 | 109

放进城来的难民，兀是未散。原来最前面有四名海盗的兵士押着，说是进城的人不许乱跑，要到旅司令部去登记，说明进城去住在什么地方。剑花得了这个消息，暗中叫声惭愧，幸是有王掌柜认作妹妹，进城可以说出落足的地点，要不然，走来就要被他们识破。论到上旅部里去注册，自己实是梦想不到的事情。有了这个机会，就可以偷看偷看他们的军营，他们的兵士，是不是可以打仗，那简直是先睹为快了。在她这样想着的时候，随了大众向前走，绝对不想到面前有什么危险。纵然有危险，到了此时此地，自己也应当极力镇静，总要不露出破绽来。于是半低了头，装成那乡下姑娘的样子，时时用手扶了箩担绳子，偏了眼锋，四处偷看。

一路走来，到了海盗的旅司令部，这门口站了两排武装整齐的兵士。虽然他们是扶了枪站着笔直的，可是他们的眼睛都向进城的难民，大大地瞪着。所谓登记，也不过是那样一种手续，他们要借此吓吓老百姓。在大门里列着一排桌椅，桌子上摆了账簿笔砚红朱，难民顺了桌子，由东边走上去，由西边走下来。那些盗官，看看难民的形色，有的看看，问上两句，有的并不问，挥着手只说一个字，走！在王掌柜前面一个老年人也不知犯了什么嫌疑，他们是问了又问。随后还要将衣服脱下检查。他身上实在没有什么东西可借口的，这才放他过去。剑花站在身后，心里倒疑惑起来，怎么他突然对这个人注意，大概会注意到我身上来了吧？她极力地镇静着，慢慢走了过去。不料到了公案桌之前，那盗官倒挥着手道："快过去，快过去。"剑花这更不明白，为什么我来了，竟连站住都不必呢。这是正中心意的事，还有什么话说。心里也就笑着，官场中做事，总是这样，不应留意的地方胡捣乱，其实把应注意的忽略过去了。就是海盗他们也不应当例外。如此想着很高兴地向外走，眼睛可不住地向盗营四周偷望，慢慢地走着，把盗营看了个够，然后才走了过去。据王掌柜说，他岳母家离此处不远，心里又算落了一块石头，脸上又不免带了笑意。然而这时忽听得有人喝道："把那个乡下姑娘给我带住。"心中却吃了一惊，又算是乐极生悲了。

第十二回

施妙腕突现真面目
下决心不受假慈悲

第十二回　施妙腕突现真面目　下决心不受假慈悲

热血之花

舒剑花初听到有人叫唤，把那个乡下姑娘带住之时，自己还十分的镇静，不肯惊慌。及至回头看时，就魂飞天外。原来这个人，就是在自己手上逃脱去了的余鹤鸣。现时，他穿了一身军服，挂了指挥刀，骑在高大的白马上，却也威风凛凛，但是他对了剑花，并不发怒，手上拿了马鞭子，笑嘻嘻地向她指点着。他马前马后，站了许多兵士，跟着他马鞭子所指之处，蜂拥上前，将剑花围住。她料是不能脱身的，便装出乡下姑娘的样子，身子向下蹲着，向王掌柜丁氏二人大叫："哥哥嫂嫂。"王掌柜见剑花被捕，已经是慌了。她不叫犹可，一叫之下，立刻就挑了担子飞跑。余鹤鸣在马上哈哈笑道："把她带到总部里去。"那些匪兵听到这话，喝一声走，便来拖剑花走。她看着这种情形，料是跑不了，再也不犹豫了，挺着身子，就跟着许多兵士走了。余鹤鸣骑着马，就在后面紧紧跟着。剑花知道事到现在，凶多吉少，只有坦然前走，多少还有几分生望，怕是千万怕不得，因之在许多兵士监视之下，大步向前走，也不回头，也不立脚。走到一家旅馆门前，那旅馆的招牌，依然还在，可是大门上，也贴了一张大红纸条子，大书特书：临时侦察总部。剑花心想，这倒好，他们是一报还一报了。如此想着，倒向着大门口微笑了一笑。

大家一拥进了门，将剑花先看押在柜房里，有四个带手枪的兵士，紧紧包围着。剑花坐在一张圈椅上，腿架着腿，学文人抖着文气，一点也不惊慌。过了十分钟的时候，有兵士出来传话，说是队长传这位乡下姑娘问话。于是几个兵士，簇拥着她到一间大客厅里去。这里已经变了侦察处的临时法庭了，上面一张大餐桌子横摆着。正中一把圈椅，余鹤鸣端端正正地坐在那里。剑花心里明白，决计是瞒他不过的，正想自说出来。可是余鹤鸣偏不忙着和她说话，对着兵士道："老板娘找来了吗？"兵士答应找来了。于是一个兵士出去，引进一位五十上下的妇人进来。余鹤鸣指着剑花向她道："这位乡下姑娘，你带她去洗把脸。"老板娘看看剑花，又看看余鹤鸣，心里却猜不透这是什么意思。余鹤鸣挥着手道："你只管带她去，回头你自然明白了。"老板娘牵着她的衣服道："姑娘，你跟我来。"剑花也不踌躇，跟着她就走出来。老板娘心中想着，这些匪类，就没有好人。把人家乡下姑娘抓来了，不谈别的，光让人家去洗脸，是什么意思呢？她带着剑花到自己房里，向她笑道："姑娘，你和这位队长认识吗？"剑花微笑着点点头。老板娘看她的态度很自然，心想，乡下姑娘，知道什么，洗过脸之后，你就要后悔了。剑花很坦然地在椅子上坐着，只等老板娘伺候。老板娘将水舀来了，放在洗脸架上，向她笑道："那梳妆桌子抽屉里，胭脂粉都有。是我姑娘日用的东西，都是很好的，你随便用吧。"剑花先和老板娘要了些香油，将手上脸上的荷叶汁涂去，然后再洗手脸，洗过之后，

第十二回　施妙腕突现真面目　下决心不受假慈悲

真个照着老板娘的话，在梳妆台抽屉里，寻出胭脂粉来，用她平常善于化妆的功夫，尽量地施展着。她化妆完了，掉过脸去，老板娘哎呀了一声，向后一退，然后再迎上前一步，对了她的脸望着道："姑娘你真美啊。"剑花笑道："现在你可以知道我不是乡下人了。这衣架上的衣服，大概也是你姑娘的吧？借一件我穿穿，行不行？"老板娘道："有什么不行？不过她死了还不满三个月，你穿她的衣服，不怕丧气吗？我今天和她清理箱子呢，要不然，我也不会把衣服拿出来，看着是心里很难过呀。"剑花挑了一件藕花色的旗衫，拿在手上，笑道："我就穿这件去见余队长吧。最好连袜子鞋，都和我借一双漂亮的来换着，免得上下不相称，我的脚不大，大概是天足的鞋袜，我都穿得。"老板娘望了她漂亮的面孔，低声道："姑娘，这位余队长不是好惹的。"剑花摇摇头微笑道："我不怕他。"老板娘看她这行动，心想，不要她和余队长真有什么交情。不然，她哪有这大的胆。我宁可巴结她一点，免得招怪。如此想着，就在衣橱子里，又找了内衣鞋袜给她换，一试之后，巧不过的，竟是样样都合适。剑花把衣鞋换好，向老板娘问道："你们姑娘在日，也用香水不用？"老板娘笑道："大姑娘，你还打算用香水吗？"剑花笑道："若是有的话，我很想洒些在身上。"老板娘想了想道："好！我和你去找找看。"于是在梳妆桌子抽屉里，乱翻了一阵，翻出了一个曾经装过香水的玻璃小瓶子来。然而看看里面，却是空空的，一点水渍也没有。剑花接了过来，笑道："虽是没有香水沾点香气也是好的。"于是将小瓶子按到洗脸盆里去，灌了些水进去，接着就把瓶子高举过头，把那些水倒在头发上，然后放下瓶子，向镜子牵牵衣服道："行了，在这种地方，这个样子去看他，那还有什么话说。请你去告诉余队长。我已经洗完了脸，换好了衣服了，马上就见我吗？"老板娘越看越猜不透这情形来了，只好信了她的话，去报余鹤鸣。

余鹤鸣听说剑花一点不害怕，痛痛快快地化妆起来，心里也有些奇怪，就叫老板娘赶快地把她请了来。老板娘将她再引到那个临时法庭上时，余鹤鸣原在那临时设的公案边坐着，即刻走下位来，向她遥遥地鞠躬，微笑道："舒女士，久违了。现在，你算露出真面目来了。你好哇？"剑花也笑着点头道："余先生，我好呵！巧得很，又碰着了你。"余鹤鸣昂着头沉吟了好许久，才笑道："舒女士，你可知道？这地方是我的势力范围了。"剑花坦然地笑道："我早就明白。"余鹤鸣对她周身上下，打量了一遍，含着笑道："你真美呀！但是我已经学了乖，不能再中你的美人计了。"剑花笑着将肩膀微抬了两抬道："那就在乎你了。"余鹤鸣沉吟着道："在乎我，可不是在乎我吗？"说毕，就掉过头来，向着他的士兵们道："把她看押起来吧。回头再说。"兵士们将剑花带出了法庭，走向一重楼上去。这楼原是旅馆的上等客房所在，余鹤鸣事先挑了一间极完美的屋子，作为拘留所。所有通外面的玻璃窗户，都临时加上了一层铁丝网，房门外也有两个扛枪的兵士，预先在这里站着。他们看到剑花来了，推开房门，将身子闪到一边，让她走了进去。她进去之后，兵士们连忙将门向外一带，把剑花关在屋子里了。看这屋子里时，有床，有桌椅，而且茶壶点心碟子书籍，样样都预备好了。看这样子，连饥渴烦闷，余鹤鸣都替代着想了排解之法，这不能不说是用心良苦了。周围看过了一遍，用牙咬着下嘴唇皮，点点头道："想是想得周到，好像他又有些中我的美人计了。"

第十二回　施妙腕突现真面目　下决心不受假慈悲

如此想着，看桌上也放了一盒烟卷和火柴，便抽出一根烟卷，用火柴点着来吸。斜靠在一张软椅上坐着，静静想她的心事。

想到这回冒险而来，自己也就料着成功和失败的成分，都各有一半。然而到了现在，究竟失败了。余鹤鸣这个人是很机警的，而且他的手段也很辣，将我抓到了，他就能这样放过我吗？在私人感情方面，他纵然是可以放过我，可是盗匪的条例，也是很严厉的，捉到了间谍，哪有不治死罪之理。自当密探以后，冒过许多危险，都曾逃出命来了。不料到了现在，却会死在这个地方。想到了一个死字，心里便不由得冷了大半截，禁不住抽完了一根烟卷，又抽一根烟卷。她抽到第二根烟卷一半的时候，突然站了起来，将烟卷头子向痰盂子里一掷，自言自语地道："我害什么怕，怕死还来干这件事吗？我要凭着我的脑力，和他们奋斗一阵，才是道理，为什么还没有到绝地，自己就心虚起来？"她有了这样的主张，胆子放大，一人在屋子里高兴起来了，想到从前和余鹤鸣合唱《乌龙院》的时候，曾把他麻醉了，情不自禁地，也就唱起《乌龙院》来。她唱道："忽听得门外有人声，急忙迈步下楼厅，用手儿开门两扇……"门外有人笑着拍门道："来得有这样的巧，你说有人叫门，果然我就叫门来了。"说时，门上的暗锁，跟着有响声，门一推，余鹤鸣就走了进来。他随手将门反关着，向她笑着一点头道："唱得很高兴呀。《乌龙院》这出戏，还记得唱吗？"剑花笑道："这样好的事，怎么不记得？我一辈子忘不了。"余鹤鸣正色道："舒女士，你不知道死在头上吗？"剑花微微笑道："我早就明白。"一面说着话，一面又取了一根烟卷过来，靠住椅子背，很自在地擦了火柴吸着。吸了两口烟，将两个指头夹着烟卷，放到椅子外弹灰，脸望着余鹤鸣只管微微笑，却向他喷出一阵烟来。余鹤鸣点头微笑道："你的胆子不小。"剑花鼻子耸着道："嗯！当然是胆大，胆小的人，敢来做侦探吗？"余鹤鸣叹了一口气道："你太聪明了。你也太大胆了。我爱你我恨你，我又怕你。"剑花微笑道："那怎么办呢？"余鹤鸣靠近了房门，向外边听听，然后走到她身边，低声道："你要知道，你的性命，只靠我一句话了。但是我虽恨你，还不能像你那样办，把自己爱人的性命拿去争功。"剑花笑道："哧！你不要说那人情话了。你若是不想拿我去抢功，为什么见了我就把我捉住呢？"余鹤鸣笑道："这有什么不明白，以前我爱你，你不爱我，我一点法子没有，现在你不爱我，我有法子强迫你爱我了。"剑花鼻子里哼了一声道："强迫？我姓舒的，生平就不怕强迫。因为强迫最厉害的手段，不过是要人的性命，但是一个人当了间谍，就把性命置之度外的了，你虽然是要我死，我就遵照你的命令去死，你还能有其他的什么手腕吗？"余鹤鸣皱着眉毛向她凝视着，很久很久，叹了一口气道："你若是这样的坚决，你的前途，一定是很危险，我在职责上，就没法子救你了。"剑花听了他的话，只管微笑。

　　余鹤鸣哭丧着脸，望了她许久做声不得，然后才道："假使你有不幸，我这一生，就得了个极恶劣的印象在脑筋里，无论如何也磨灭不了。我现在愿用二十四分的力量来救你。"剑花听了这话，哈哈大笑道："你这真是猫哭老鼠假慈悲了。你与其现在竭尽全力来救我，何如以前根本就不逮捕我。把我抓着了，你再来说这些不相干的慈悲话，我听了，替你害羞。"余鹤鸣被她当面嘲笑了一阵，也不便生气，想了一想道："剑花，你让我解释一下，你知道我就不是假慈悲了。现在虽然是把你逮捕了，但是我只要不说破你是个间谍,随时就可以释放你。释放你之后,我们就是朋友了。那个时候,我随便对你一说,你就可以明白了。"剑花道:"你为什么不说破我是个间谍?难道你就不记我以前的仇恨吗?"余鹤鸣道:"你这样一个聪明人,还有什么不明白的,这无非是因为我爱你。"剑花道:"傻瓜!你难道不知道我以前爱你是假的吗?你和我还谈什么爱情。"余鹤鸣道:"好吧。我们不谈爱情,可以找件别的事我们来合作。可不可以把中国情报组织的内容告诉我。你要是办到这一点,纵然说你是中国的女间谍,我担保也可以保全你的生命。"剑花摇摇头道:"多谢你一番好心,但是中国情报部的内容,很是严密的,对这一层,我很抱歉,无法报告。"余鹤鸣道:"以前站在情报处这样重的地位,对它的内容,一点不知道,我简直有些不相信。我看你是不肯说。"剑花点点头道:"我是不能说的,为什么原因,那就随便你猜吧。"于是左腿架在右腿上,两手抱了腿的膝盖,脸微偏着一边,脸上发出微微的笑容。余鹤鸣道:"你真不说吗?我很替你可惜。"剑花笑道:"我说过了,你是猫儿哭老鼠,假慈悲。你不用替我可惜。当军事侦探的人,早就牺牲一切的,为国而死,有什么可惜呢?"余鹤鸣道:"其实也并没有什么难题目给你做,不过有几个问题,要你答复罢了。你又何必那样固执呢?"一面说着,一面就走向前来,在她身边一张椅子上坐下,他满脸是笑容,放出那亲热的样子来。剑花倒突然站起来,将手一摆道:"少假惺惺地来亲热我。我反问你一句,假使上次你让我们捉到了,要你说出海盗的秘密,你也肯吗?"余鹤鸣笑道:"姑娘,你还骂人。"剑花顿脚道:"海盗,海盗,万恶不赦的海盗。"余鹤鸣也站了起来,微笑道:"你不说就不说吧,何必生气?"剑花道:"我为什么不生气?假使你处我地位,能够把秘密说出来吗?你说你说。"余鹤鸣微笑着。剑花道:"却又来。你不必多说,姓舒的死也不卖国,也不能违背我的天职。"余鹤鸣脸色一变道:"好!我也要尽我的责任。再见了。"说毕,随手带门而去。

第十三回

邀影三杯当时雪耻
流血五步最后逞雄

热血之花

舒剑花见余鹤鸣很不高兴地走去，料着这件案子，一定没有好结果的。只是自己立定了主意，死也不卖国，这就用不着害怕。若是害怕，徒然把自己的豪兴打消了。所以又取了一根烟卷，斜躺在睡榻上抽起来。烟卷这样东西，虽是很微小，而且吸到口里，也没有什么味。但是一个人在愁苦，匆忙，恐怖，各种不良好的环境里面，它多少都能给你一种安慰。所以剑花虽是个精明强干的女郎，到了这个时候，倒也不能不求助于烟卷。不过自己抽了一根烟卷之后，思想便有些变迁，心里想着，怕固然是不必怕，可是有法子求活的话，我也未尝不可以想法子求活。余鹤鸣对我，依然是很依恋的，我就可以利用他这一个弱点去找出生路来，慢来慢来，这种手腕，拿去救国，牺牲个人，救了许多人，那是很值得的。若是用美人计去求生，牺牲个人，也不过是救了个人，这有什么价值。自己为了国家不得未婚夫华国雄的谅解，正不知怎样去解释才好，怎么自己真个走上了那条路呢？干就干到底，我决不应当怕死。如此想着，猛然将手上的半截烟头，向痰盂子里一掷，然后站起身来，两手环抱在胸前，在屋子里踱来踱去。心里想着，我是不屈服定了。然而我果不肯屈服的话，我的性命，不知道还能保持着若干时候，假使并不能保持若干时候，我……想到这里，不能向下再想了，依然倒在椅子上靠背坐着，两手反到脖子后面去，枕了自己的头。两眼直射着楼上的天花板，眼珠并不转动一下，似乎这天花板上，就有一条求生的出路一般。她如此望着，很静默地凝想着，听到房门噗噗几下响，心里就只管怦怦地乱跳起来。这时心里可就想着，不要是带出去执行死刑吧。这样想着，敲门的究竟是谁，就不曾去理会。那敲门的将门敲了一阵，不听到里面有答应之声，自推了门走将进来。

剑花看时，是一个随从兵，他手上提了食盒子，很从容地走进来。将食盒子放下，揭开盖来，将里面的东西，一样一样放到桌上。剑花看时，乃是一个酒瓶，一个大玻璃杯，一双牙筷。另外三盆菜，一碗汤，还有一大堆盘馒头。那兵向她微笑道："这位小姐，我们队长说了，你要吃用什么东西，只管说出来，我们好去办。"剑花笑道："你对你队长说，多谢他，我在这儿等死的人，也不要什么了，你出去吧。"那兵答应了一声是，反带着门走出去了。剑花看了桌上的酒菜，心想，他这样客气，乐得吃他一顿，反正是他来巴结我，又不是我去求他，他送来我就吃，他真放我，我也就走。她想毕，立刻坐到桌子边大吃大喝起来。这与五分钟以前的思想和态度，完全都不同了。这桌上的酒菜，固然是光供她一人吃喝的。而她的意思，却不在于吃喝，觉得他既肯有东西给我吃喝，当然不是出门时候，意思那样恶劣，必定是还想和我合作，我有这个出路，大可以不死。她得了这

第十三回　邀影三杯当时雪耻　流血五步最后逞雄

一线希望，心中立刻痛快起来，酒能喝，菜也能吃了，心里宽展了许多。不过她想是如此想，那左手端着玻璃杯子，送到鼻边，要饮不饮的，只管注视着。猛然看到那玻璃杯子里的酒，却有些震荡，心里想着，这是什么原因，难道我心虚胆怯，手上还有些抖颤吗？于是故意将杯子举得高高的，用眼睛仔细看着。呵！可不是在抖吗？而且抖得非常厉害呢！于是将酒杯一放，用手一拍桌子，站了起来，大声地自言自语道："舒剑花，你是一个女英雄，你是一个忠于职守的军人，你所要的是人格，所为的是国家。除此以外，你还管些什么利害？"她虽是一个人自言自语地说话，可是这样一来，她提起了不少的精神。人向着窗子外，恰好太阳西偏，阳光射了进来，将她的人影子，斜射着倒在楼板上，眼睛注视着自己的影子，摇了摇头道："舒剑花，你是多么怯懦呀！假使这个影子是个人，她看见了你害怕抖颤的样子，恐怕也不好意思见你了。影子，我真有些惭愧对着你了。但是我醒悟过来了，我现在决计不怕。喝！我对着你干三杯，把胆子壮起来。"于是将玻璃杯子高高举起，仰起脖子，将那杯酒一饮而尽。饮毕，放下酒杯来，又倒满了杯子，接连饮了三杯之后，将杯子用力向桌上放下，桌上啪地一下响，昂着头笑道："影子，这没有什么可羞的，我虽然有点可耻的举动，我立刻自己就醒悟过来了。我和他们，决计不妥协，决计不妥协。"说时，拿起酒杯子，当的一声，向墙上砸了去。碎玻璃片子，因之纷飞四散，落了满楼板。剑花又嚷道："不妥协，决计不妥协！"两手端了桌沿，向前一翻，把碗和盘子，全打翻了。这种响声，惊动了屋外监视的卫兵，推开门来，探头向里张望。剑花喝道："你望什么？小姐吃得不高兴，喝得不高兴，把碗打了。要我不闹，就给我换好吃好喝的来。"说时，在楼板上捡起一片碎碗有向他抛去的意思。那匪兵看势头不好，赶快就把门关上了。剑花将碎碗又在墙上砸了一下响，倒在藤椅子上躺着，哈哈大笑起来。

在门外的匪兵，看她有这种发狂的样子，怕出别的情形，立刻就向余鹤鸣报告。他听了，皱眉了许久，也说不出一句别的话来，背了两手，在屋子里踱着大步子走来走去，然后他向匪兵道："你们只管守着那房门，屋子里的事，你不必理会就是了。"匪兵答应着去了。这时，剑花心里坦然了，躺在屋子里，很自在的，慢慢哼着皮黄戏。约莫有一小时的样子，房门敲着响。剑花道："你们为什么这样装模作样，要进来就进来，难道还有什么人拦阻得住你们吗？"她说着，门开了。向外看时，形势比以前却严重得多。现在是四个扛枪的兵，在门外站着，另外两个徒手兵，走进来请她出去。她微笑着点点头道："走！我也知道你们是不能再容忍的了。"站起身来，就跟了四个卫兵走。这四个扛枪的卫兵，摆梅花阵似的，将她困在中间，围了向前走。

所到的地方，依然是先前那个大厅，不过形势却严重得多了。上面三张长桌子，一字列着，共坐有七个穿军服的军官，正着面孔，在那里坐着。桌子后面，一直到两边靠墙，齐齐地站着二三十名兵士，身上都挂了手枪。大厅门口，已经有八个扛快枪的兵，再加上押人来的兵，便是十二个了。剑花料定这是军法会审，倒也无所用其踌躇，挺着胸脯，就站到桌子面前来。那余鹤鸣到了这里，地位可就矮下去多了。坐在桌子最末的一个座位上。剑花走进来时，一双眼睛射到他脸上，而且微微地一笑，他立刻将目光向下垂着。那上面海盗的军官，早是听到舒剑花这个名字，听说她既美丽又厉害，各人也就要看她一个究竟。她进来，把所有在场人的视线，都归结到她一个人身上。她并不理会，一只脚微伸上前，只管挺了胸脯，昂着头看四周的屋顶，仿佛目中无人，这里乃是一所空屋。

正中坐了一个尖角胡子的老军官，眼睛闪闪有光，由剑花身上射到余鹤鸣身上去。他很沉着地道："余队长先请你报告一遍。"余鹤鸣听了这话，他的脸色，立刻变了，由许多军官的面孔上，更看到剑花的身上来，他现出了无限的犹豫之色。静默了约两分钟，然后他从容地向上报告道："这个女间谍，她叫舒剑花，是中国有名的侦探领袖。她……她……"眼睛看了剑花，继续着道："她很厉害。我们在中国的华北总机关，就坏在她的手上。这次她又化装做难民，混到这里来，大概又有些什么不利于我们的计划。"那匪军官说："我们在夹石口打一个败仗，不就是因为她查得了我们秘密文件的缘故吗？"剑花不等余鹤鸣答话，笑着肩膀颤动起来，向匪军官道："你瞧，这件事我不很足以自豪吗？哈哈！"她如此一笑，全席的军官，脸上都不免变了颜色，觉得这个女子的胆，真是大得无可形容了。匪军官问道："以前的事，不去管了，这次你到这里来干什么？"剑花摇着头道："事关军事秘密，这个我不能奉告。"匪军官道："你要知道，我们的办法，和中国不同。捉到了间谍，不一定处死刑，只要肯听我们的话就行了。我们不但不法办，也许可以重用的。"剑花道："处死刑不处死刑，那在于你。我是不能把我来的使命告诉你的。"匪军官沉吟着问道："你是怎样混到我们境界里来的？"剑花笑道："你还坐在上面，用话来审问人呢，不如走下来，让我来教训你吧。一个人由这边到那边去，不是用两脚走了来的，还有什么法子过来。"那老军官被她讪笑了几句，恼羞成怒，红了脸道："这果然是个刁滑的女子。"说着话时，气得他的嘴唇皮只管抖颤，两手不住地微微拍了桌子，和老军官邻近的两位军官，于是彼此轻轻地互商了一会，然后那老军官挺着胸脯道："舒剑花，你是屡次破坏我们军事的女间谍，判你的死刑。"他这样说着时，四周的兵士，都做个走上前的样子，怕她有什么意外的举动。她倒听之坦然，点点头微笑道："那是当然的，请你们快些执行吧。"几个兵士，就抢上前，挽着她的手臂，向大厅门外走，剑花站定了脚，将身子一扭，横着眼睛道："你们这算什么？难道我会飞吗？你们睁开眼睛看看，我可是个怕死的人，要你们来挽着我走。"余鹤鸣早已跟过来了，向兵士们丢了个眼色，还摇摇头。兵士们知道是不必挽着，就让她一个人走去。她也不动声色，眼光可注视在门口扛枪的一个兵士身上，因停住了脚向他微笑道："这位老总，非常地像我哥哥。我是要死的人了，哥哥，你能不能和我说两句话。"这个匪兵，被她两声哥哥叫着，已是骨软心酥，而且她说的是那样可怜，怎好不理会人家。可是在这种军事法庭上，也不敢和她乱开口，只向她微笑。她慢慢走到他身边，低声下气地道："哥哥，你我是手足多年，就此要分手了。你能让我和你亲个嘴吗？"这句话说出来，听到的人，心都酥了。中国人向来没有这种礼节的，这个女子，想哥哥真想得可怜了。大家的思想如此，那个被她叫着哥哥的人，当然是魂不附体。

　　剑花一直站到他身边，出其不意地，将他手上的快枪就抢了过来。立刻身子一跳，跳到庭门中间，端了枪向正面就乱开了去。口里喊道："杀贼呀！"那些军事法官审案以后，站了起来

第十三回　邀影三杯当时雪耻　流血五步最后逞雄

要走，看到剑花认着一个卫兵做哥哥，正也是在这里奇怪。猛然由人群中飞来几颗子弹，他们何曾防备得到，早有两个不幸的军官中弹而倒。那个审她的老军官，便是饮弹的一个。剑花一阵开枪，出其不意地，这些军官兵士都慌了。直等她将子弹放完了，她大声喊着道："痛快极了，替中国人又杀了几个仇人了。"她如此说着，旁边的兵士，早有一个人拔出刺刀，向她手腕上直扎了过来。剑花身子一闪，还待要用枪去还击，这时后面已经有个人用枪在她腿上横扫了过来。她中了一枪，身子向后一倒，第三个兵士，举了手枪对准她的胸膛，便要放枪。余鹤鸣在那人身后，伸腿一踢，将手枪踢了。口里还喊道："不要开枪，留着活口说话。"那个人的手枪，算是让他踢过去了。可是那个拿刺刀的兵士，已经俯着身子，将刀插了下去。剑花人已晕倒了，不知道闪让。这一刀正插在她的手臂上，立刻鲜血暴流，由衣服里直透出来。那人拔起刀，待要扎下第二刀时，余鹤鸣才抢了过来，握住他的手道："不要乱来，还要留着她审问呢。"于是另有几个兵走上前，抬着剑花向楼上空房里去，这场纷乱，才算告终。事后检点，算出打死两个军官，一名兵士，打伤一个军官，一名兵士，剑花在许多人里面，干出这样惊人的举动，就是海盗的心胸，向来是偏狭的，也觉得这个女子，实在可以佩服。很有人主张，保全她的性命，鼓励女子的勇敢精神。余鹤鸣对这个主张，自然是站在赞成的一边，不过剑花是拼了一死的，她接受不接受人家赦免她的罪，还依然是一个问题呢。

第十四回

含笑遗书从容就义
忍悲收骨慷慨宣言

第十四回　含笑遗书从容就义　忍悲收骨慷慨宣言

热血之花

当时余鹤鸣就去和他们的领袖商量，说是舒剑花这样一闹，自然是罪上加罪，不过她也是很可利用的一个人，假使暂时免除她的死罪，叫她立功赎罪，于我们有很大的利益。他的领袖只知收罗人才，余鹤鸣含了什么用意，他哪会知道，便答应着说："这也可以，但是她不诚恳投降的话，这女子的手段太厉害，就得执行死刑，不必留在这里了。"余鹤鸣也不敢多说，就来看舒剑花。

这个时候，剑花手上让刺刀扎着，流了不少的血，自己掏出一块干净的白手绢，将创口按上，躺在拘留室那睡椅上，只管想心事。余鹤鸣咚咚敲了几下门，里边也没有应声，只得推门而进。进去看时，剑花脸色黄黄的，头发披了满脸，右手托了左手的手臂，静静地躺着。那张睡椅靠了墙角的，她那样蜷缩着，成了个刺人的刺猬一般，越是憔悴可怜。心里想着，她落到这步田地，都是自己之过，假使自己看到了她，并不报告，私下把她收到家里去，劝她一顿，愿了就把她留下，不愿便将她赶走，又有什么关系！心里如此想着，就站在一边发愣。剑花一抬头忽然看到了他，并不起身，瞪了眼向他道："你来做什么，到了执行的时候吗？"余鹤鸣缓步走上前，站到她身边来，低声道："我有两句话和你说，你能不能好好地听下去。"剑花道："你挑好的说吧。"余鹤鸣顿了一顿，两眼望了她道："我始终爱你……"剑花不等他说完，突然站了起来，瞪了眼道："啐！少说这个，我不要仇人来爱我。你和我滚开去。"说毕，用手连挥了几挥。余鹤鸣向后退了两步，望了她道："你得想想，假使你不听我的话，我就没有法子救你了。"剑花跳起来道："谁要你救我，我情愿死，我情愿快快地死。"余鹤鸣呆了半晌，料着话是说不下去的。便道："那么，我们除了公仇，说句私话，你有什么遗嘱吗？"剑花道："你问我这话是什么意思？"余鹤鸣道："如若你有遗嘱的话，我可以和你寄回家去。我不过是尽尽朋友的心。"剑花笑道："有！请你替我告诉中国人，一齐起来，打倒他的仇敌。"余鹤鸣听了，点着头微笑道："就是这个吗？还有没有？"剑花坐下去，低头想了一想，因又站起来，向余鹤鸣一鞠躬道："在私交方面说，我这里先谢谢你了。"说着，在身上掏出一个金质的小鸡心匣子来，用自己揩血的那条手绢，将鸡心包着，交到余鹤鸣手上，很诚恳地道："假使有一日天下太平了。你就把这两样东西，寄给我的未婚夫华国雄。请你把纸和笔墨借我一用。"余鹤鸣答应着，将纸墨笔砚取了一份来，放在桌上。剑花向他点点头道："你请坐，等我写封信。"余鹤鸣也不能再说什么，眼看了她，向后倒退着，坐在一张椅子上。身上说不出来有种什么感觉，似乎有点发寒冷，又似乎有些抖颤，偷眼看剑花时，只见她提了笔文不加点地写了下去。可是写着写着，

第十四回　含笑遗书从容就义　忍悲收骨慷慨宣言

她便有几颗泪珠儿突然地落下，她并不用手绢擦眼泪，只将手背向两眼各按了两按，依然还是提笔写着。余鹤鸣只管呆看着人家，慢慢地觉得自己身上不受用，实在坚持不住了，就站起来道："我先告辞，回头我再来取信吧。"剑花道："你请便，若是有好酒，请你带一瓶来，我很想喝两口。"余鹤鸣连答应两声好，就走出去了。

　　他心里有事，原是不愿远走，可是就在门外站着，心里又十分难受。只管慢慢地扶了楼梯栏杆，一步一步地向下走去。走到楼梯半中间，好像有件什么心事，自己转身又走上楼来。可是走到拘留剑花的那间房门口，又不想向里走，就停步不前了。站了一站，依然掉转身再下楼去，走到楼梯半中间，不明是何缘故，又站住了脚，一只脚踏了一步楼梯档子不上不下的。正在这时，两个兵走来，交了一张命令状给余鹤鸣，接过来看时，上面写着：敌探舒剑花一名，立即执行死刑。余鹤鸣两手捧了纸，把纸都抖颤得作响，向兵士问道："这命令是刚刚送到的吗？"兵士答应了是。他自言自语地道："我已经疏通好了，怎么不等我的回信，就动手哩。"于是向两个兵道："这命令应该交给牛队长去执行。"于是将命令仍交给了两个兵士，自己便转身向房里来。

　　当他用手推门而进时，见剑花的信，已经写完，她正对了壁上悬的镜子站定，用手慢慢去摸摸她的头发，鬓边有两根乱的，还用手理得齐齐的，将发归并到一处。门响着，她慢慢地回过头来，笑着点了点头道："时候快到了吧？"余鹤鸣听了她这话，自己都觉毛骨悚然，虽然对她已是无法挽救，可是在这个时候果然有救她的办法，自己还是肯去尽力，眼睛望了剑花，不能做声，也不能移动，就是这样地发了呆。剑花将写好了的信，笑嘻嘻地由桌上拿过来，递到他手上，笑道："你原来也是这样胆子小。那要什么紧，人生一个月是死，人生一百岁也是死，只要死得有价值，什么时候死，怎么样去死，都不在乎的。我死之后，你若念朋友的交情，可以找具薄薄的棺材，把我埋了。最好还是给我立上一个石碑。你不要客气，碑上就老老实实地写着中国女间谍舒剑花之墓。一个人为他的国家当间谍，死在敌人手里，那是一件荣耀的事呀。"余鹤鸣接着那封信，点了点头。望了她的面孔道："你没有别的话说了吗？"剑花笑道："还有一件事，你忘了和我拿酒来。"余鹤鸣哦了一声，待转身要走。剑花笑着摆了摆手道："用不着了。我知道这个时候，你有点后悔，心里比我还乱呢。"余鹤鸣道："不……不要紧，我……我去和你找瓶酒……"剑花笑道："你抖些什么，快要到执行的时候了吗？"余鹤鸣强笑道："也许，也许有救，我先和你找酒去。"说着，身子一转，正待要走，门打开来，却有一个军官，领了八个武装全备的兵士，站在房门口。余鹤鸣哦呀了一声。剑花看到了，向门外来的军官点点头道："是带我出去上刑场吗？"那军官道："传你去问话。"剑花微笑道："我早已明白了，又何必相瞒呢。我不怕死，说走就走。余队长，再会了。"说毕向镜子又摸摸头发，牵牵衣襟，然后向来人道："走！"她说毕，挺身就走出房门去，余鹤鸣待要送她几步，不知是何缘故，两条腿软绵绵的，却是移动不得。一阵皮鞋的起落之声，听到这班人押着剑花下了楼梯，同时听到她高声呼着口号：打倒中国的敌人，中华民族万岁。那声音先听得很清楚，渐次至于听不见。后来渐次有点声音，以至于听得很清楚。原来这高楼之下，是一片广场，

第十四回　含笑遗书从容就义　忍悲收骨慷慨宣言

海盗的军法处，遇有死犯，就在这里执行。所以她呼口号的声音，由清楚而模糊，由模糊而又清楚。听到剑花很清朗地叫着打倒中国的敌人时，她已到了刑场上了。

余鹤鸣走到窗户边，用手掀了一小角窗纱，隔了铁柱窗子向外张望，只见剑花靠了一堵围墙站定，一两百名武装兵士，排了半个圈子，把她围定。她正对面有一个兵，正端了枪向着她。余鹤鸣不敢看了，连忙把窗纱放下，只是呆呆地看了窗纱，忽然窗子外，扑通一声枪响，接着哎呀一声，人就倒了。这倒的不是刑场上的舒剑花，倒的乃是楼上发呆的余鹤鸣。因为他心里吓慌，脚又吓软，就倒下来了。过了不知道多少时候，慢慢地清醒过来，睁眼看时，手里还拿着剑花写的一封遗书。站了起来向屋子四周看看，情不自禁地，叹了一口气。自己慢慢走出那屋子，两只脚虽然是一步一步向前走，可是自己的脑筋，并未曾命令这两条腿，应该向哪里走。到了自己办公事的房间里，将剑花遗交的东西，放到抽屉里去，自己将两只手伏在桌上，枕了自己的头，就情不自禁地伤起心来。伤心之后，就跟着一阵追悔，心想，我们和中国纵然是敌国，我和舒剑花并无不解之仇，我看破了她的行踪，把她送出境去，对她有利，对我们并没有什么损害。我何必凭着一时的意气，把她逮捕起来呢？像我余某，饭也有得吃，衣也有得穿，何必还要干这杀人的生活。我自己求活，倒去杀人，那个被杀的人，他就命不该活吗？中国人也好，海岛上的人也好，总同是人类，一定要征服中国人，让我们海岛上的人来图舒服，这是天地间哪种公理。我们遇到什么节令，大批地宰杀猪羊，心里都老大不忍。现在无缘无故去宰杀同类的人，这就不管了。一个屠夫当有人宰杀牲口的时候，大家都少不得说他一声残忍。可是帝国主义者要去占领人家的土地，鼓励他的部属去杀人的时候，就说人家忠勇爱国。我想国民当天灾人祸的时候，舍死忘生，为国家社会服务，这才是忠勇，若是无故去侵略人家，是一种杀人放火的行为，简直是卑鄙，残暴，阴险，怎么算得忠勇。像舒剑花这种死法，为中国民族争生存而死，是出于不得已，我们海岛上的人，只要偃旗息鼓，退出了中国的境界，就天大的事都没有了。为什么缘故，非和人家拼个你死我活不可？想到这里，把自己当军事侦探以来，对中国人无故残忍杀害的事，觉得都是无的放矢，舒剑花为中国多数人来驱逐我，那是应该的。我爱她，我又佩服她，我到底害死了她。我拥抱过她，我吻过她，我可是杀了她。这是人类对人类的手腕吗？想到这里，将桌子一拍，站立起来道："我不干了。"这时，他一个亲随的兵，送了一封电报进来，放在桌上，自退去了。余鹤鸣心想，又是要派我去害中国人了。懒懒地将那电报拿起来看，电文已译好了，除了衔名而外，乃是：

迭接报告，前方得获巨探，该队长忠勇为国，见机立断，至堪嘉赏，特电奖慰。

总司令金

余鹤鸣看毕，哧的一声，两手将那张电报纸撕了，嚷起来道："我牺牲了人家一条性命，就换了这张电报，这就是忠勇可嘉吗？"他说着话，一直就向那刑场上跑，一口气跑到舒剑花就刑的墙根边，只见她身子直挺挺地躺在地上。用了一块白布，将剑花的上半截盖着，余鹤鸣脱下帽子来，行了个鞠躬礼。对尸首

第十四回　含笑遗书从容就义　忍悲收骨慷慨宣言

注视了许久，不由得叹了两口气，一回头，看到身后站了两个护兵，便道："你们去把我的箱子打开，拿出三百块钱来，和这位舒女士办理善后，钱不够，到我那里再去拿，千万不要省。"说毕，又叹一口气，躲到一边去了。

　　这天，他一人躲到屋子里去，写好一篇辞呈，立刻送到总部去，说是自己得有心脏病，万万不能干侦探长的事，同时，就赶着办理交代手续。他忙了一天，护兵们也就把收殓剑花的衣衾棺木办好。趁着太阳还没有落土，他亲自督率兵士，将剑花收殓了，然后才去安息。次日天色微明，带了自己一队兵士，押着扛夫将剑花的棺木抬到郊外去安葬。坟地原是义冢，随便可以挖筑的，他们来的人多，只两小时工夫，把坟丘就盖好了。余鹤鸣按着中国内地的规矩，叫人挑了一副祭担来，担子歇在坟边，先将后面一个藤箩里东西取出来，乃是一副三牲祭品，另外茶酒各一壶，又是一束香，一大捆纸钱。护兵们搬了祭品，将香纸燃烧了。余鹤鸣就喊着口令，叫军士排了队，向墓头行举枪礼。礼毕，他就站在队伍前面训话道："各位弟兄们，今天我对这舒女士这样客气，你们必定很是奇怪，以为我对她特别恭敬，是怕鬼来缠我吗？其实舒女士死了有魂来显灵，我倒是特别欢迎的。你们要知道，国家练兵，是保护国土，保障人民安全的，并不是练了兵去打人杀人。舒女士为了我们无故侵略中国，她为国服务，送了这条命，实在是没奈何。假使我们不来侵略人家，人家何至于派这位舒女士来侦察我们的军情呢？我们打人家，还不许人家还手，这是什么理由？一个人无论怎样穷，也不应当杀人放火去谋饭吃，何况我还不是没有饭吃的人呢？军法军法，法律之外，又加了这样一种杀人的规矩，其实也不过野心家管他们走狗的一种办法罢了，人家一个年轻的女子，为了替她国家求出路，多么可钦佩，又多么可怜呀！可是我们都不放过她，非把她杀了不可。这话又说回来了，不是我丧尽良心把她捉住，也许她不至于死的，我后悔极了！我伤心极了！我还能干这种事情吗？"他说着话，猛然间把另一只藤箩也掀开了，在里面取出了一个大包裹，赶着提到坟后一丛矮树里去。不多一会儿工夫，却走出个和尚来，原来那包裹里是一套僧衣僧鞋，他已经换上了。大家看到，都为之愕然。他不慌不忙，在身上掏出了一卷钞票，交给他一个亲信的护兵道："我和这位舒女士刻了一个石碑，十天后可以刻完，你可以拿去取了来，在这里埋立好，这种爱国的人，值得我们为她出力的。我已经上了辞呈，交代得清清楚楚而去，你们放心，我不是开小差，没有你们的什么事，我要走了。"说毕，举了两只大袖子，高举过额顶，扬长而去。

第十五回

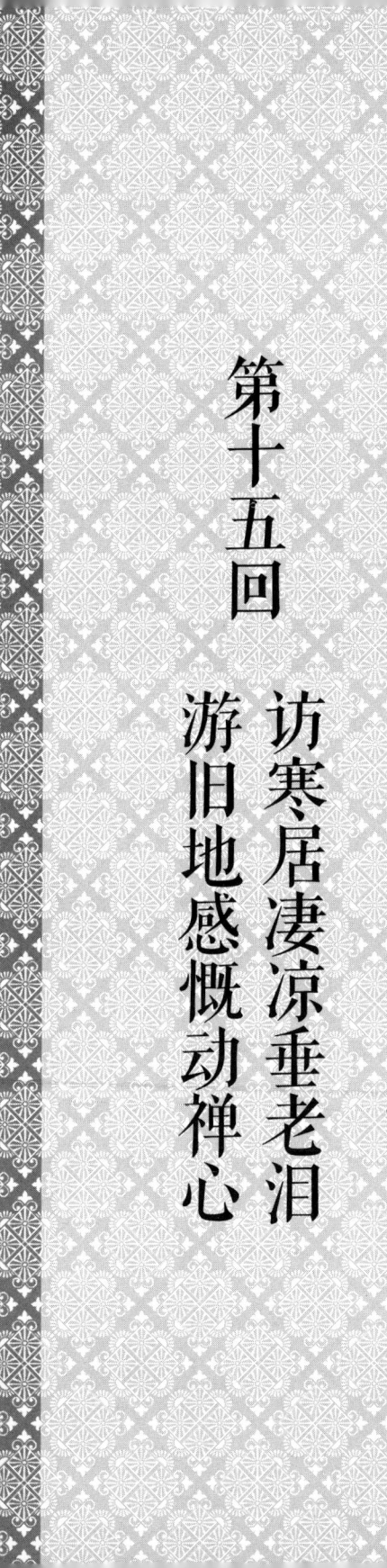

访寒居凄凉垂老泪
游旧地感慨动禅心

第十五回　访寒居凄凉垂老泪　游旧地感慨动禅心　143

热血之花

这一场悲剧闭幕之后，余鹤鸣下场了，舒剑花也下场了，只有那个期望团圆的华国雄，于假期完满之后，依然到军队里去扛枪，和民族作最后的挣扎。凡是一个人去打人，纵然把人打倒，自己也要费去无限的力量。若是无理去打人，惹起人家强烈的反抗，也许失败者，不是被打的，正是去打人的。海盗和海滨这省的军队，厮拼着三年之后，他们因为经济上有些来源断绝，结果是起了内乱，自己崩溃了。虽然打仗的结果，中国是受了极大的牺牲，可是因为三年以来，始终是和海盗斗争，民族性到底是保持着。这民族性就是无价之宝，在大家依然兴奋的中间，把破坏的所在，又陆续建设起来。从军的人，以前是干什么的，现在退伍归来，依然还继续干他的旧事。华氏兄弟打了三年的仗，侥天之幸，居然能保留了生命回来，而且并没有残废，因之还是到学校里去读书。国雄在军队里的时候，华有光怕他得了剑花的死信，会出什么事变，始终是隐瞒着的。及至国雄回家，第一件事就是要到舒家去拜访剑花，有光就是要拦阻，也显着不近人情，为了慎重起见，就陪了儿子一路进城，向舒家来。这个时候，舒太太不过是领了省政府一点养老金过日子，哪里还能住以前别有作用的高大楼房，现时只租了一幢小小的房子，带了一个中年女仆，一同住着。

华氏父子走来的时候，这小屋是街门虚掩着，里面一点声息没有。将门一推，只看到屋子里绿荫荫的。原来这院子里，有两棵高与屋齐的枣树，嫩绿的叶子，将阳光映着淡青色，连空间也是淡青色的。因为这种颜色的缘故，把空气暗淡下来，这房屋就更显得寂寞了。有光站在院子里，先咳嗽了两声，问有人吗？许久的时间，才有人慢吞吞地问了一声谁，然后走出那个女仆来。有光正要告知来意，却听到窗子里面有人颤巍巍地道："呀！华先生回来了，请进来吧。"华氏父子走进去，那屋里不是以前那样华丽，仅仅摆着几样粗糙家具，只有墙上有两样东西，引起人重大的注意，乃是两个镜框子，一个镜框子里，红绸做了底托，托着三个军人奖章。另一个镜框子里却是舒剑花的武装全身像，她举了一只手，正行着军礼呢。只看那双黑白分明的眼睛，很注意地向前望着。她的两个腮帮子，虽是鼓得紧紧的，可是隐隐之中，似乎带了一点儿笑意。这种神气，在剑花往日故意端重的时候，总可以看得出来。如今看了这像，不觉想到她当年对人半真生气，半假生气的神气，恍如那人又在目前，人望了那相片，正不免一呆，舒老太太早走到面前，笑道："华先生，你几时回来的，身体好吗？可怜我的姑娘……"她那一句话没说完，有光站在国雄的身后，不住地向她丢眼色，舒太太把句话突然地顿住，只管望了他父子。国雄望了她道："怎么了？剑花现时在哪里？"有光用很慈祥的颜色，微垂着眼皮，从容向他道："国

第十五回　访寒居凄凉垂老泪　游旧地感慨动禅心 | 145

雄，你不要伤心，我老实告诉你，剑花在三年前就在敌人那里就义了。舒老太太，请你把经过的事情，慢慢地告诉他。"这个小屋子，有张半新旧的藤椅，国雄脸色惨变，身子向下一坐，两手撑了大腿，托着自己的头连连唉了几声。舒老太太偌大年纪，只有一个女儿，就是别人不替她难受，她提到了剑花，也是伤心的。如今看到这未婚的娇婿，已是满腔心事，再看到国雄那样懊丧的样子，她不觉对了壁上的遗像，只管呆看，向着遗像道："孩子，你的心上人回来了，你呢……"你呢这两个字，由喉咙里面抖颤了出来，同时，她眼睛两行眼泪，也在脸皮上向下滚着，退了两步，扶了桌子坐下，她也就不管客人了。

这倒让有光老先生为难起来，劝导这位亲家呢，还是劝自己的儿子？于是站在两人的中间，也呆了。还是国雄抬起头来，看到父亲为难的样子，有些过意不去，便起身向舒老太太道："伯母，你也不必伤心了。以前我是你的女婿，到如今你依然是我的岳母。我现在回来了，不能让你再过这枯寂的生活，我一定可以安慰你。"舒老太太摇着头，将袖子揉着眼睛，叹道："这枯寂的生活，我已经过了三年了。我也没有什么难受。"国雄道："不过你一位老太太牺牲了仅仅一个的聪明姑娘，于今是住在这小院子的老屋里。"舒老太太正要再叹一口气，有光老先生道："不是那样说呀！政府已经在公园里和舒姑娘立了铜像，又按月给老太太的养老金，社会上的人，谁不说一声舒老太太是女志士的母亲。我们去为国家民族争生存，是自己良心的驱使，原不打算国家有什么报酬的，现在是有了报酬了，更可以安慰老太太的了。"舒老太太垂着泪，点点头道："对了，对了。小华先生说的话，和老华先生说的话，都是有理的呀。"他们说了许久的话，那个中年女仆，才捧了两杯茶来敬客，茶杯上还有两个锯钉。国雄望了茶杯，有了一种感情，不觉向屋子四周看去，这屋子里有个房门，门帘开着，看到有张竹床，上面放了颜色极旧的一套蓝色被褥。床上并没有支起蚊帐，墙上挂了一具月份牌，在月份牌下面，钉子上压了两张中医开的药单子，这很可以知道这位老太太最近是一种什么生活的了。假使剑花并不曾死，就是当个教员，靠了那几个薪水，她很足以维持母女二人的衣食，何至于把家庭衰落到这步地位。当国雄这样注意到屋子里去的时候，有光也跟了他的视线，向里面看去。有光也知道国雄是怜惜这位老太太的意思，就向舒老太太道："舍下房子也很多，假使老太太不嫌弃的话，可以到舍下去住，待遇不敢说好，至少也可以有人陪着您，免得您再寂寞。"舒老太太道："这很多谢华先生的好意，可是我怎样敢当呢？"有光道："像您这位女志士的老太太，慢说我们是亲戚，应该恭敬您，就是全国人都该恭敬您。"老太太道："终不成我的姑娘为国家牺牲了，我倒去连累亲戚，唉……我这大年岁，过一天是一天，万事都看空了，住在这冷静的小屋子里，我只当是在庙里修行。心底就平静了，若住到父子团圆的人家去，我看了会格外难受，倒不如这样冷冷淡淡的，把花花世界都忘记了。"国雄听这位老太太的话，越说越伤心。剑花在外就义的经过，自己本要问她一问的，现在舒老太太只管伤心，提起旧事，那是更让她难过，当时只好将一些不相干的闲事，提起来谈谈，关于剑花的事，就不提了。谈了许久，舒老太太有点笑容了，华氏父子才安心告辞而去。

国雄到了路上，才埋怨着父亲道："剑花既然早就死了，你怎么不早早地给我一个信呢？她死了，我不但不追悼她，还快快活活地过了三年,这让我心里格外的难受。"有光道:"不是我怕你伤心,我不告诉你。因为你爱着剑花的缘故,自己一定觉得将来很有希望的。有了希望,在奋斗中间,你必定还要加倍地谨慎,要你保重,正也是为国家爱惜青年呀。"国雄虽然不以父亲的话为然,然而他说得光明正大,也就无可再驳了。因道:"剑花有了铜像了,我应当先去看看她的铜像,这是我们华氏光荣之一页。"有光道:"你若认为这事是不可缓的,我就陪着你去走一趟。"国雄道:"我当然是认为一件不可缓的事,但不知……"有光不等他再把这话说完,立刻就到国雄前面去引路,笑道:"我还有什么话说,生者死者,都是我的光荣呀。"两人说着话,一路走着。这城里的光景,现在却不与从前相同,东一堆瓦砾,西一堆瓦砾,有的还留着几堵光秃的砖墙,陪衬着几处砖砌的门框和石砌的台阶。又有些地方,瓦砾堆中,长出尺来深的青草,墙上也长着三四尺长的野树,这些房屋,不但是表示遭了一回劫,而且遭劫到于今,没有法子去整理恢复,也就为日很多了。国雄看了不觉奇怪起来,因问道:"这种情形,决不是城里失火,因为失火,不能零零碎碎,东一处西一处地烧着。可是本省城总也没有打仗,何以会有许多遭了炮火的屋子呢?"有光道:"你在军营里这么多年,还有什么看不出来的。"国雄道:"莫非都是飞机用炸弹炸的?"有光道:"可不是吗?这三年以来,其中有半年的时间,差不多飞机天天光顾到省城天空来,飞机来了,决不能空手回去,每次总要炸了几幢民房才走。省城无论多大,经敌人炸了一百多天,也就没有一处不遭破坏的了。"国雄道:"父亲,你现在说话大概不倾向非战一方面了,但是经过战争的人,他都会厌恶战争。譬如飞机轰炸城市,在平常人看来，加害到非战斗员，是没有理由的。可是在军事家看来，就不然，他以为可以扰乱敌人后方的秩序，破坏敌人的经济，尤其是借此摇动人心，使敌人政治中心摇动，可以影响到军事上去。战争的时候，只图自己军事有利，天理良心，一概是不管的。我们有了些军事知识之后，我们这才知道，战争实在是一种罪恶。"

有光道："呀！我不料从军三年之后，你倒变成了一个非战主义者。难道我们对海盗是不该抵抗的吗？"国雄道："抵抗是当然的。不过中国偌大一个国家，人口到四万万以上，何以会让少数的海盗，制伏得没有办法？这就由于共和二十年以来，全国人都是醉生梦死，关起门来争名夺利，把世界忘了，把站在身边的强盗劫贼忘了，而且还要装空心大老官，开口打倒帝国主义，闭口打倒帝国主义。譬如一群败子家里，终日花天酒地，兄弟父子闹着闲气，金银财宝散了满地，既是不管，而且身子弄得虚空了，每人不是患色痨，就是醉鬼，同时还要喊着杀尽强盗，捉尽劫贼。既引起了人家的贪心，又鼓动人家的肝火，这种人家，不闹贼，什么人家该闹贼。所以海盗侵犯我们，这是老天爷给我们一种教训。假使我们不闹家务，不装空心大老官，不金银财宝撒下满地，人家怎敢动我们的手呢？所以我们战退了敌人之后，依然还要多谢敌人给我们一种教训。我们因罪恶引起了战争，海盗却又是因战争种上了罪恶。他们的社会崩溃了，他们的人民疲劳了，不会想到战争给了他们一种教训吗？总而言之，在二十世纪以后，枪口上决计抢不到人家的土地，光靠枪口，也保护不了自己的土地，另外还要靠经济教育两件大事，来维持民族。我的主张，中国必须和他的敌人打一仗，犹如病人忍痛去喝药或打针，以消灭身上的病菌。病菌消灭了，就该用补品来恢复元气，不能

第十五回　访寒居凄凉垂老泪　游旧地感慨动禅心

在这个时候再吃药，再打针了。"有光笑着走路一面点头道："我很同意你的议论，你现在是增长了不少的政治学识了。"国雄道："这是环境赐给我的，我……哦！这个地方，不就是剑花住的那幢大楼吗？楼不见了，这大门还在，门口这一列树和这一片青草地，还可以看得出从前那种形迹来呀！"他说着话时，突然立住了脚，向着那原来的门楼站住。有光因为不知道他是什么用意，也就跟了他站住。等了许久，不见他移动脚步，也不听到他说什么。有光忍不住了，便问道："你又有什么感触了吗？老实说，这省城里，简直是满目荒凉，若是都像你这样子，那还了得，一出门，就是伤心之境了。"国雄道："父亲，我们走到屋子里面去看看，好吗？"有光料到这破门以内，更是整堆的瓦砾，让他看到了，无非是加倍的伤心。便用手摸了摸胡子，站着微笑道："这何必进去，就是我们去猜，也可以猜得出来。"国雄并没有理会到他父亲说的话，他昂头望了那大门，一步一步走了去。

　　直走到那大门口，还觉得这不是一所破坏得怎样厉害的房屋。及至进门之后，那些高低秃立的墙，带着门圈和窗户框子，犹如摆下了诸葛亮的八阵图一般。地上有土的地方，青草长得有上尺深。那些地面的青砖上，长的是青苔，青苔可也就像毛毯那样厚，有种触人的霉气，几乎熏得人立不住脚来。有光也由他后面跟了进来，拉着他的衣袖道："不过如此，何必看呢。"国雄将手向墙上一指道："父亲，你看粉墙上这几行字。"有光看时，果然几层石阶上一道砖砌的宽道，道上有堵很高的墙，上下有许多门和窗户的洞，正是旧时剑花的会客厅外，那粉墙上，下半截，有二三寸的青苔纹晕，上半截有铅笔写了几行大字，乃是:"我在这地方,曾用了机巧,去和人家求爱,人家也曾用了机巧,来害我的性命,帮助我们机巧的,乃是醇酒、香茶、婉转的音乐、醉人的灯光,现在呢?只是这堆瓦砾,人生就是生到一百年,结果也不过是如此吧?奉劝眼前人,且想身后事。回头和尚题。""咧!这还是个和尚写的。"国雄情不自禁地,失声喊了出来。有光也站在墙下,玩味这些字句,似乎引起他肚子里那一肚子哲学墨水来了。国雄看着,摇了摇头道:"了不得,这是那个余鹤鸣到这里来了,看这口气,除了他,还有谁呢?他这种阴险的小人,都受了重大的刺激,说出很解脱的话来了,我们若是看不空,真不如他了。这样子,他是做了和尚了。唉!我也真愿意做和尚,人生不就是这样一场梦,苦苦地争夺,何必何必。"有光道:"回去吧,老站在这里做什么?"国雄道:"这个地方,未免给我一种很深的印象,我要在这里多站一会。"有光听说,不由得捻着胡子,哈哈大笑起来。

第十六回

思断三秋悲歌落泪
名垂千古热血生花

第十六回　思断三秋悲歌落泪　名垂千古热血生花

热血之花

　　华国雄见父亲遇到这凄凉的景象，既不伤感，而且还哈哈大笑，心中很是不解，便向他道："你老人家，怎么笑了起来？"有光道："我不笑别的，我笑你孩子气太重，既然口口声声，说要出家，何以对这颓井残垣有些看不破，非要凭吊一番不可？"国雄道："佛心是慈悲的，对这种景象，可以流些慈悲之泪。"有光道："不过你的意思，是因为剑花曾在这里住过，所以你有些凤去楼空之感。有个出家的人，这样儿女情长的吗？走吧。"说着挽了国雄的一只手，就拉了他走。国雄当然不能太违抗了父亲的意思，叹了一口气，走将出来。经过了几条街，都不是以前的景象。在许多破碎的街道中，忽然眼前一片青葱之色，另换出一番境界来，那正是省立公园，几年不见，树木都长大了。这是初夏之际，树上的嫩叶子，绿中带些黄色，地上长的草，虽不过是一两寸长，然而密密麻麻的，绿成一片，在绿毯子上，偶然伸出一个草头，开着小黄花儿，便现出许多静穆的意思来。
　　在四围的绿树林中，闪出一亩大的空地，在绿色春草毯上，挖出个浅浅喷水池。池中间有个高可一丈的白石礅子，礅子上立着个女身铜像，一手扶了身佩的宝剑头，一手向东指，虽是女像，自有一种英雄气概。这就是那位女间谍，为国牺牲的舒剑花女士了。国雄不料自己的情人，这样巍然高峙地站在自己面前，又不料这样一个有才干，有志气的女子，自己无福消受，眼望着她在日月风雨之下，长此终古而已。心里想着便只管向那铜像呆看。却听到有光在身后微微地叹了一口气道："人生一百年，结果也是与草木同腐，求仙炼丹，那有什么用，人生自有不老之法，就怕人不肯去做，舒剑花是明白这一点的了。"国雄回转头来看着他父亲，见他手上拿了帽子，很有向这像静默的意思。因就问道："父亲，你的观念，完全改了。你原来认为宇宙都是空的，人是犯不着为名利去斗争，现在你何以这样积极起来？"有光不料英勇的少年儿子，会问出这句话来，用手摸着胡子，想了一想道："我自己也不知道所以然，不过自从省垣有飞机光临以后，我就慢慢地愤怒起来，觉得人生只可自勉不杀人，不能禁戒不杀敌，禽兽的爪牙，草木的护甲，不都是为了护卫自己生命而生长的吗？宇宙神秘的用意，本来就如此。人有了生命，有了本能，他也应当抵抗他的敌人。"国雄微笑道："我是一个战士，而且胜利回来了，我的思想就不那样，现在很消极。我亲眼看到战场上的人，生命随时在五分钟内可以解决，又看到人的尸身躺在地上如铺石板一般，活着的人，一点也不怜惜，就在人身上这样跨踏过去。身边一个很好的朋友，正谈笑着说话，一个炮弹飞来，他的手脚就弹碎了，身上的热血，真许溅到我们身上来。在战地上三年，失了多少可爱的朋友呀。至于炮火下的乡村城市，那就不必说了。我觉得我们不能再谈军国主义了。"有光道：

"你应当有这个议论,世界史最后的一页,当然是非战的。不过这个时代,打算由战争里找出路的国家,实在不少。若不将这种国家扫荡一下,战争的毒菌,决不能消灭。我以前非战,现在何尝不非战。以前非战,是以议论去制止战争,于今觉得此路不通,要以武力去制止战争了。在全世界非战以前,必定还有几次大流血,这几次大流血,中国绝对是免不了参加的,我们现在赶快武装起来,也许因为有了抵抗,将来流血的程度,可以少一点,要不然,米缸盖好了,许多老鼠要在米缸里争夺,主人若不过问,是非把缸打破不可的。所以我以为讲礼义的中国人,依然可以去非战,但是要把文的非战,变为武的非战,不幸而死,不仅是为民族争生存而死,也是为人类争生存而死,这种精神,是很伟大的,所以舒女士的死,格外值得我们崇拜。"国雄对着那铜像,静默了许久,点了头道:"也除非是根据了父亲这种说法,才可以减少心里头的悲痛。"有光指着树杪上一抹阳光道:"你瞧,天气不早了,我们应该回去了吧?"国雄道:"唉!回去吧!我不料回家来,是在这地方遇着了她。"于是将取在手上的帽子向头上一盖,掉转身就走了。

一路之上,他再也不说,到了家里,一切朋友的应酬,他都谢绝了,拿了一本书,终日坐在树林子里看,每天吃过早饭就出门,回来吃午饭,吃了午饭,又再出去。有光知道儿子自战场回来,受了很大的刺激,不妨等他的心灵放纵一番,让他把哀思放了过去。所以终日不归家,也没有人来过问他。他自回家之后,只觉所闻所见,和从前都换了一个世界,在家里坐着,就不免傻想,因之那就加倍地狂放起来,甚至吃早饭的时候,就带了一包吃的东西,到树林子里去,留着做午饭,直到晚上才回来。这日半中午，看书有点倦意，正在树林下一块青石头礅上，坐着打盹儿。忽然树林子外大道上，有人唱歌，把人惊醒过来，听那唱词，却很是哀婉，因为唱的人重三倒四，唱过好几遍，所以听得很清楚。那歌词是：

> 杨柳树，绿青青，去时日子如我大，回来门外绿成荫。上堂拜老娘，老娘笑吟吟。娘看儿子颜色好，儿看娘发白星星。大哥在何处，三年以前去投军。大嫂在何处，炸弹之下早亡身。四岁的侄儿叫小平，无父无母到于今。大妹前年已嫁人，随夫逃难上北京，不是儿回娘挂心，望得儿回娘伤心，好比一树花开多茂盛，几番风雨干干净，纵然结果有几个，看来也是太孤零。
>
> 洋槐树，绿油油，十年槐树长齐楼，十年战士白了头。春日百花发，佳人楼上愁，不嫁英雄无志气，嫁了英雄守空楼。一日不见面，自古相思似三秋，一年不见面，相思便似水悠悠，而今三年不聚头，胜似千秋又万秋，奴想英雄是风流，英雄想奴便可羞，又愿英雄功名就，又愿英雄享温柔，想得奴家皮黄骨又瘦，又传国军下锦州，早知薄福难消受，不嫁英雄也罢休。

国雄将这歌词听毕，玩味了一会，虽然这歌词是很俗，但是非常婉转，在自己听了，正是句句打了人心坎，这是什么人在唱，恐怕不是这村庄前后一个人所编得来的吧！连忙跑出林子去一看，却是两个半大的放牛孩子，坐在柳树下小河沟里洗脚，带笑着唱出来的歌。国雄笑道："你们这歌唱得好听，是谁教给你

第十六回　思断三秋悲歌落泪　名垂千古热血生花

们唱的？"一个孩子道："前三个月，有个游方和尚，他带了许多小歌本子散给人家。又怕人家不懂腔调，自己弹着琵琶唱起来。我们就是跟他学的。"又一个孩子道："小三儿，你怎么忘记了，那和尚还打听华大先生，回来没有呢？"国雄对和尚打听一事，倒没有留意，玩味这个歌儿，是很悲哀的，这个和尚，一定是个栽过大跟头的人，所以说得这样的痛切。心里想着，依然走回林子里去看书。

也是两个孩子唱得太高兴了，十年槐树长齐楼，十年战士白了头，又唱将起来。国雄听到那不嫁英雄无志气，嫁了英雄守空楼，而今三年不见面，胜似千秋又万秋，不觉自己转想到舒剑花身上去，那样一个女子，眼睁睁地受着枪决而死，这事实在很悲惨。不但她那样美丽的容貌，不知道如何消灭了，就是她那副骨头，究竟抛在哪里，现在也无处寻找，岂止一日不见，如隔三秋，实在是海枯石烂，此恨无尽。如此想着，也不知道什么缘故，两行热泪，只管流了下来。当天坐在树林子里，就没有心绪看书，只是坐在石头上呆想。回家以后，和家里人谈起，国威道："这样的歌，我绝对不愿听，听了会消灭志气的。"有光道："这事可奇怪，这个歌，是个游方和尚编出来的，他还有支短歌，是套月子弯弯照九州编的，也很有意思，那歌子是：

月亮无情上粉墙，照见官家醉画堂。照见美人窗下哭，照见男儿死战场。"

国雄点了点头道："这个和尚，必非等闲之辈，很平常的几句话，这里面可含着不少的批评，只是他什么地方不去，何以独在我们这村子里放出这种消息来？"他们父子正在楼上乘着风凉，谈论这件事，华太太很匆忙地由楼下走上来，向国雄道："你们不是谈那个唱歌的游方和尚吗？这是有些怪，他在村子里和好些人打听过，问你兄弟二人回来了没有？我心里也很是不解，为什么老要打听你兄弟两人的行踪，莫非他是你们的同营吗？据我想来，那一定是个军人，他的歌词总是骂打仗，而且听那意思，又很肯说中国人打仗是不得已，和你们父子是同调的。"国雄听了这话，更是增加了一层疑团，我们弟兄们中，哪一个这样大彻大悟，做起和尚来。自然他既是屡次打听我，一定也是我的好朋友，若不是好朋友，也犯不上再三再四地打听我。他如此想着，很想早早地打破这个疑团。自从这天听歌以后，又不断地听着那婉转动人的歌儿，每听到一会，就让他心里难过一阵，这样下去，约莫有一个礼拜，这日在树林子又休息了大半天回来，进门之后，华太太首先笑着迎上前来道："你说怪不怪，那个和尚今天又来了。他听说你已经回家，丢下一个小小的包裹，说是有人托着寄送给你的。也没有说第二句话，甩着大袖子就走了。我留着他和你见面，请他坐一会儿，他只笑着不答。我追到大门口来，他却道：'我和令郎感情不大好，见了面会有是非的，不必留我了。'他说着话，两条腿走得是更快。一转眼工夫，他就不见了。"国雄道："这更奇了，他送了一个什么包裹给我呢？"华太太于是到屋子里去，取出个五寸见方的扁包裹来。那包皮是蓝布包的，上写：留呈华国雄先生台收，并没有什么上下款，只是用麻线缝上了包裹口。将剪刀把包皮拆开了，里面是一方油布，再将油布打开了，又是一层布，把这层布再打开，才露出一条白绸手绢。那手绢本质，倒还干净，只是上面有

第十六回　思断三秋悲歌落泪　名垂千古热血生花

好几块殷红的斑点,却看不出是何用意。提着手绢,却抖出一封信来。那信封写了:留寄华国雄先生亲收,舒剑花拜托。这舒剑花三个字,射到他眼里去,不由得他那颗心,怦怦地跳将起来,拿在手上只颠了几颠,并不怎样的沉重,由信封套里,连忙抽出信纸来,看时,上面写道:

国雄兄鉴:兄读此书时,恐妹之墓木已拱矣。然兄毋悲,兄能于太平之年,无恙归来,得读此书,固人生万幸之事也。妹奉命令,来贼巢侦探敌情,不幸为贼党窥破,拘押军中,以妹供出中国情报总部内容为条件,容妹不死。妹思一人的生死事小,全国之安危事大,毅然拒绝贼之要求。人谁不死,只死者不当无故而死,亦不当有故而不死,妹现不死,则意志薄弱,或竟为贼所困,而转有害于中国,则不是死之为得矣。为国而死,妹固无丝毫遗憾也,所可憾者,则妹之行为,生前乃终未能得兄谅解,直至永别之时,尚不能一相握手。故妹虽死在顷刻,犹不能不忍悲作一书于兄。此事经过,于妹死后,必能传播,心绪紊乱,实无心细写,唯兄悲其遇而怜其志。外乎绢一方,系妹拭泪所用,其上红斑,则手臂为贼刀所刺,因以沾染血迹者,留此寄兄,表示无物可赠,但几点热血相勉耳。别矣国雄,大好身手,其自努力!

舒剑花绝笔

国雄在这一阵子,心绪本来悲劣万分,看了这信之后,并将血帕一看,一阵心酸。不由得倒在一张睡椅上,泪如泉涌似的,由脸泡上流到身上来。华太太竟不知道什么事,后来在地上捡起信和那血手帕来,这才明白,这样的纪念物,叫活人看到,心里如何不难受?便也垂着泪道:"可怜的孩子。"她只说了这五个字,身体抖颤着,也就说不出话来了。她看到国雄只管哽咽着,那眼泪更是落得汹涌,他侧着头在睡椅的高枕上躺着,把半边衣襟都淋湿了。华太太道:"人都死了三四年了,你现在哭死也枉然,这条手绢倒是一件可宝贵的东西,你好好地留着吧。"国雄哭了许久,勉强才止住了眼泪。在母亲手上接过那条手绢,仔细地又看了看,点点头道:"这样东西,不是平常情人留下的表记,我应当用个镜框子把它裱装起来,挂在墙上。"华太太道:"论起这样东西,是值得宝贵的,不过太不美观了。"国雄道:"这个我自然也有些办法。"华太太听他如此说着,虽不知道他有什么办法,但是知道儿子用情很笃的,他有了这个意思,不让他挂起来,他不会解除胸中的痛苦。便道:"我看把这封信装挂起来,比那手绢要好看得多,挂起这封信吧。"国雄道:"不信,你过两天再看。"他说着话,把那块手绢和信,一齐拿到他的书房里去了。

这日,有光和国威都不在家,华太太总怕儿子伤心,也就悄悄地由后面跟了去,看他儿子还哭不哭?走到书房门口,一听里面,竟是一点声息没有,扶着门,伸头向里张望,只见他面窗的书桌子上,摆了一盆石榴花,他坐在桌子边,正对了那石榴花,用笔在涂写些什么。看他的背影偏头这边看看,又偏头那边看看,似乎在端详他手上写的那种东西一样。看这样子,他并不在伤心,也就不必去过问他了。过了一会,有光和国威回来了,华

第十六回　思断三秋悲歌落泪　名垂千古热血生花

太太就把这事告诉他们，因道："他拿了那手绢到书房去了，伏在桌上，只是涂写着，这个书呆子，不知道他又在捣什么鬼。"有光听说，马上走到书房里来，只见书案上铺了一块图画板，上面用图画钉子，绷着一张画。国雄两手放在背后，远远地站定，向那图画只管出神。他看到父亲来了，便笑道："您看看我这幅画画得怎么样？这是我生平得意之笔啊！"有光连忙上前看时，那图画板上钉着的，不是一张纸，乃是一方手绢，手绢上绿的叶子，红的花儿，画了一棵石榴。只是那花的红色，并不像平常颜色那样鲜艳。有光俯着身子，对那手绢看了几遍，一拍手笑道："这个我明白了，你这是套着桃花扇的故智，用女子的情血画花啊！"国雄道："对的，可是情血两个字不大妥当，人家是热血。"有光手摸着胡子，点头道："哦哦哦！我明白了。记得那年你投军之时，我爷儿俩曾辩论过一次，我说每到石榴花开的时候，中国就要发生内乱，乃是不祥之花。你说不然，石榴花像鲜血，可以象征人的兴奋，应当说是热血之花。于今你真把热血来画花，而且还要画石榴花，这正是你照顾前事啊！孩子，算是你的辩论赢了，石榴花是热血之花，到了每年开花的时候，我们都要纪念着这位热血姑娘。这幅画和那封信，你不要自私，可以用两个镜框子裱装起来，悬在客厅里，这是我们家庭之光啊！"国雄默然着，很感慨的样子，却点了点头。国威指着窗户上的石榴花道："现在又是五月了。这个五月，可是中国和平告成的日子，父亲，您看是吉月呢，还是毒月呢？"有光笑道："你们少年都胜利了。我料错了不要紧，但愿从此以后，中国永庆着太平之日就行了。老年人是快与鬼为邻的，不应该失败在活泼少年的手上吗？我希望中国的命运，也像我一样，免得你们多嚷那些打倒呀。干脆些,要倒的自己倒下,让你用打倒的工夫自己去建设吧。"于是乎大家都笑了。不过笑是一时的事,国雄心里,始终是含着一肚皮悲哀的。

　　到了次日,他瞒着家人,带了那封信和血花手绢悄悄地进城来。到了城里,又在花厂子里买了一束石榴花,带上公园。这日天气很好,剑花的铜像,巍巍地高站在青天白日之下。国雄到了铜像下,将那束石榴花,放在石磴下。然后向像很静穆地立定,心里默念着,剑花啊!你的血花泪痕,我都收到了。你自然有你的伟大之处,只是我太难堪了!他想到这里,便将信和手绢,也向着铜像在草地上铺着,当做彼此当面,露出爱情证物的意思。他向铜像一立正,却听到公园树林之外,有一片甜美的音乐声。隔了林子瞻望时,原来是一组音乐队,领导着一辆接新人的花马车过去。在国雄静默的时候,听了这种响声,格外是不堪。抬头看时,树林后有一根大旗杆,上面悬着一面国旗,在日光中招展,似乎招着这铜像的英魂,请她从海外归来呢。